恐怖箱

怪画《かいが》

加藤一　編著

※本書に登場する人物名は、様々な事情を考慮してすべて仮名にしてあります。また、作中に登場する体験者の記憶と体験当時の世相を鑑み、極力当時の様相を再現するよう心がけています。現代においては若干耳慣れない言葉・表記が登場する場合がありますが、これらは差別・侮蔑を意図する考えに基づくものではありません。

巻頭言

箱詰め職人からのご挨拶

加藤 一

本書『恐怖箱 怪画《かいが》』は、美術品に因んだ実話怪談集である。

私事なのだが、実はこう見えて高校時代には美術部に在籍していた。専門はアクリルで、高校三年間の殆どをエアブラシアートに注力していた。題材は多岐に及んだが、好んで描いていたのは仏像画だった。「真っ暗な闇の中、間接光だけで輪郭を浮かび上がらせる仏像の艶めかしさ」は水彩や木炭画には難しく、アクリルでこそ表現できたのだと思う。描いている最中は、仏師のそれのように神経を研ぎ澄ませ、様々に念じながら打ち込んだ。

絵画、塑像、彫刻、装飾、その他、美術品・芸術品には様々な形がある。専門的な画家が丹精や執念を込めたものはもちろんのこと、子供の描いた絵の一枚、街中の看板や塀に殴り描きされた作者不詳のストリートアートに至るまで、やはりそこには創作者の思いが塗り込められていると思わざるをえない。絵に込められた念の重さは、作品の技術上の出来不出来とは恐らく別のところにあるのではないだろうか。

本作は、人の情念と切り離せそうにない芸術品・美術品に纏わる怪談集である。

どうか、画廊や美術館を巡るような気持ちで、御観覧いただきたい。

目次

6 全部正解

ここ最近、岡田さんは週末ごとに実家へ帰る生活を続けている。

帰ると言っても、誰かが待っている訳ではない。今、実家は空き家だ。

父が二週間前に自殺し、家の売却を検討していたのだが、思いがけない邪魔が入ったのである。

岡田さんは、父が趣味で集めた美術品に頭を悩ませていた。

父は、絵画、陶器、仏像等々、手当たり次第に買い求めていた。

金に糸目を付けずに買い求めた物はなく、美術品的としての価値など殆どない物ばかりだ。素人目にも大したものではないことが分かる程度である。

そういう三流品が二桁以上ある。分類するのさえ困難なぐらいだ。

売り払っても二束三文だろうし、いっそ捨ててしまえば良いのだが、それができなくなった。

全ては父が書いていた終活ノートのせいである。

そこには、〈私が集めたものは種種雑多だが、一つだけ共通点がある〉と書いてあった。

いずれもが、何らかの曰く因縁を持っているという。その一つ一つが画像と注釈付きで丁寧に記されていた。

黒い服の女の絵。見る者に不幸を招く。

首なし観音像。触れる者に災いが訪れる。

そういったありきたりの呪い系のものが多い。不幸の種類を変えただけのものもある。

だが、中には得体の知れないものもあった。

画像を貼って、たった一言『落ちる』と記された掛け軸や、『夢で追いかけられる。捕まったら終わり』と書かれた少女の絵などは、見るからに不気味である。

ノートによると、そういった需要を満たしてくれる男がいたらしい。

何処から見つけてきたのか、或《あ》るいはでっち上げたか判断の付かない物を父は嬉々として集めたのである。

取り扱いには注意し、むやみやたらに捨てないように。終活ノートはそう〆られていた。

けれど何故、父がそうまでして集めたかは書かれていなかった。

岡田さんは、この収集品の処分に手間取っていたのだ。

気にしなければ済むことである。所詮は迷信や都市伝説の類だと割り切ればいい。

本物かどうかすら定かではない物ばかりだ。

分かってはいるが、いざ処分となると、やはり気になる。

思案の挙げ句、岡田さんは些《いささ》か乱暴な手段を思い付いた。とりあえず、本物か偽物か試してみれば良い。その結果、何の力もない物なら粗大ゴミとして扱う。

よくよく冷静になって考えてみれば、全てを調べることもない。

幸いと言っては何だが、説明文には購入した日付が入っていた。古い日付の物は気にしなくても良いのではないだろうか。もしも何らかの力を持つのなら、とっくの昔に父や家族に不幸が訪れていたはずだ。

これで殆どの物は何の力もないと判断できた。

気になるのは最近買った物である。小さな仏像、花の絵、白い陶磁器のカップ。

その三つである。いずれの説明も、持ち主は自殺すると書いてあった。

父が自殺したのは確かである。となると、この三つのどれかが原因かもしれない。

岡田さんは、計画を実行に移した。まずは全てを持ち出した。

自宅に置くのは嫌なので、駅のコインロッカーに預ける。

翌日、出勤途中に取り出し、それぞれを丁寧に包んで綺麗な箱に入れた。

仏像は上司にプレゼントした。パワハラな言動が酷く、皆から嫌われている男である。

「父が集めた美術品で、結構な価値があるそうです。私は興味がありませんので、よろしければ貰ってくれませんか」

そう説明すると、上司は顔を綻ばせて喜んだ。我が家にピッタリなどと言っている。

花の絵は、同僚の男に渡した。他人の悪口だけが生き甲斐という屑だ。生理的に受け付けない男である。

驚いてはいたが、同じく家に飾ると言って受け取った。

白いカップは退社後、妻の実家に立ち寄り、義母に贈った。

さて、どれがビンゴかなと密かに楽しみにして待つこと数週間。

三人とも自殺した。

黒黴

小山さんの父親が病気で亡くなってからの出来事である。

美大出身の父は芸術の道には進めなかったが、会社勤めの傍ら、趣味で木彫りの像を製作していた。

大きめの物置をアトリエに改装し、自然の木を拾ってきては女性像を作っていた。

禁止されていた訳ではないが、小山さんも母も滅多に入らなかった。

何となく神聖な場所という印象があったのだという。

父が亡くなって半月。遺品の整理は着々と進み、その日は物置を片付ける予定であった。

道具類は売れるかもしれない。彫像は引き取り手が見つからないだろうし、父には申し訳ないが適当な大きさに切って処分するつもりであった。

ノコギリを持ってアトリエに向かう。家事を終えた母もゴミ袋を持ってついてきていた。

暫《しばら》く使う者がなかった物置は、埃と黴の臭いに満ちている。

窓はないが、入口から差し込む光で室内の様子が見てとれた。

剥き出しのまま置かれた女性像が三体、その奥に布を被せられた像が一体ある。

三体の女性像は、いずれもそれほど大きくはない。大人の腰ぐらいの高さだ。

残りの一体が大きい。優に百七十センチはある。

小山さんは、父が大きな木を運び入れていたことを思い出した。

確か、亡くなる数カ月前である。余程気に入ったのか、父は作業に没頭し始めた。

いつもなら休日しか使われないアトリエには、平日の夜遅くまで明かりが点るようになった。

同時に、父は徐々に痩せていった。小肥りだった父の頬がこけ、近所から病気を疑われるほどである。

小山さんも母も心配して忠告したのだが、父は聞く耳を持たない。

とうとう有給休暇を取ってまで、アトリエに引きこもるようになってしまった。

数カ月後、父は玄関先で倒れ、そのまま帰らぬ人となったのである。

そのときのことを思い出しながら、小山さんは最後の一体に近付いた。

覆っている布を外す。現れた像を見て、母が悲鳴を上げた。

小山さんも思わず口を押さえたという。

一応、人の形はしている。頭も胴体も手足もある。ただ、その全てがおかしい。

まずは顔のバランスが異様である。目鼻の位置がかなり下だ。

何とも不気味で、長くは見ていられない顔にされている。

両腕はダラリと垂れ下がり、右足は膝から下がない。

何より嫌なのは、首の長さだ。ろくろ首とまではいかないが、優に三十センチはある。

これは一体何なのか。芸術と言えばそれまでだが、他の彫像とはあまりにも印象が違う。

あの温厚で常識人の父の、何処にこのようなイメージが隠れていたのか。

考えれば考えるほど、目の前の像が忌まわしく見えてくる。

しかも何故か、首と下腹部だけが黒い。シミのように見えたが、どうやら黴である。

これを真っ先に処分してしまおうと決めた小山さんは、ノコギリを像の腕に当てた。

その途端、母が無表情のまま大声を出した。

「切っちゃ駄目。その人のお腹に赤ちゃんがいる」

激しく震えながら、赤ちゃんがいると繰り返す。

尋常ではない様子である。片付けは後回しにし、小山さんは母を抱きかかえて家に戻った。

部屋に連れていくと、母は胎児のように丸まって眠ってしまった。

暫く様子を見ていたが、どうやら落ち着いたようである。

小山さんは、もう一度物置に戻った。開け放した扉から中が見える。

あそこにあるのは、ただの木彫りの像だ。それ以上の何物でもない。

なかなか壮観なことになる。

人形の数が数であるし全部は出せない年もあるのだが、それでも主なお内裏様といちまさんだけは必ず毎年飾るようにしていた。

だが、佳寿子が十五、十六歳の二年間だけ、理由は憶えていないがいちまさん以外の人形を出せなかったことがある。

「今年も出せなかったねぇ。来年こそ出さなきゃ」

四月三日、母や祖母がそう話していたのを憶えている。

その年の七月、期末試験が終わったその日、ホームルームの最中に佳寿子は突然昏倒した。病院に向かう救急車の中で救急隊員の問い掛けに一度は目を覚ましたものの、名前と生年月日を答えた後、再び意識を失った。

原因は不明だが腎機能のみ著しい低下が見られ、すぐにＩＣＵに入れられた。

その夜遅く、母方の祖母の弟である大叔父から電話があった。

「今夜はえろう眠うて仕方のうてな、夕飯の後すぐ横になったんや。ほいたら夢の中で婆さんがな、『佳寿の人形、佳寿の人形』ってそればっかり言うもんやでな」

何だか落ち着かなくて堪らずに電話をした、という。

大叔父の言う「婆さん」は、今は亡き大叔父の母であり佳寿子にとっては曾祖母のことである。曾祖母は大変勘が働くというのか、丑の刻参りをしている人を見つけては家に連れ帰るということをする人であった。

幼かった佳寿子にも不思議な力を持った人として記憶に残っている。

親戚の誰にも佳寿子が緊急入院したことは話していない。にも拘わらず、その曾祖母が大叔父の夢枕に立って、人形を気にしている。

真夜中だというのも構わず、母と祖母二人掛かりで家にある全ての人形を押し入れから出して座敷に並べ、朝一で町内の花屋に駆け込んだ。季節的に手に入らない桃の花の代わりとばかりに、目に付く限りのピンクの花を買い込んで飾り付け、ちらし寿司を作る。

遅まきながらの、「桃の節句の祝い」である。

佳寿子の意識が戻ったのは、その日の午後だった。

自分が何故そこにいるのか、腕から伸びる点滴の意味が分からなくて酷く混乱した。だがそれから一時間も経たぬうちに激しい尿意を覚え、何度もトイレへ駆け込むこととなる。

尿意もさることながら、その量たるや半端なものではなかった。昼過ぎから夕食までの間に二十回近くはトイレへ行っただろうか。

その様子に再び検査してみたところ、「尿量は異常だが、他の数値は全て正常」とのこと。駆け付けた家族だけでなく、医師や看護婦でさえもただ唖然としていた。

その後、医師との相談の結果、もう一晩だけ様子を見ることになり、ナースセンターの隣の部屋に一泊した。

翌日の検査では全て異常なし。夕方には退院した。

その後はすっかり復調していつも通りだ。

人形は十日程飾った後、包む和紙や箱も全て新しいものに替えて再び押し入れにしまった。次の年からは忘れずに主立ったお雛様といちまさんを出して飾るようにしている。

大学進学と同時に家を出たのだが、その頃から佳寿子のいちまさんの手足に時々細かい擦り傷が付くようになった。

この地域の風習で桃の節句の間は、いちまさんにはお宮参りに使用した娘の晴れ着を着せる。普段収納時に着せている浴衣から着替えさせるのだが、その度に新しい傷ができているのだ。顔は綺麗なままで、手足にだけ。

だが、誰も人形の置いてある座敷でそのことを口にはしなかった。

――人形の前で言うべきではない。

誰もが何となくそう理解していた。

暫くはそんな感じで人知れず頑張っていてくれたのだろういちまさんは、この十年新しい傷が増えることもない。

——何せ未だに嫁入り前だから現役なのよ、と笑っていた彼女の訃報を聞いたのはこの話を預かった七カ月後の秋。

体調を崩し、仕事を早退してそのまま。

彼女のいちまさんがどうなったのか、確かめる術はない。

お猿

秀紀さんのおじいさんは、彼の出身地ではなかなか有名な地主だった。

同時に古美術品の収集家でもあった。

秀紀さんのおじいさんの集めるコレクションには、歴史的或いは金銭的に価値のある物は殆どなかった。

おじいさんは国内でも海外でも気に入った物があったら衝動買いし、自分の広い書斎に統一性なく適当に飾っていたという。

家族達は、「またガラクタ買ってきて」と呆れていたが、真面目なおじいさんの唯一の趣味だったので大目に見ていた。

そしておじいさんの書斎は幼い頃の秀紀さんの格好の遊び場になっていた。

おじいさんはガラクタ同然の古銭や小さな置物などを秀紀さんに与え遊ばせていた。

そのガラクタの中に陶器でできた白い猿の置物があった。

まん丸にデフォルメされたそれはスイカほどの大きさがあり、おじいさんが若い頃に中国で買ってきた物だった。

これも特別高価な物ではなく、普通に土産物屋で売られていた物らしい。

ただどういう訳か時々、本物の白い猿になり幼い秀紀さんと遊んだという。

秀紀さんもおじいさんも驚かず、それを普通のこととして受け入れていた。

その白い猿は人の言葉を話すことはできなかったが、意味はよく理解していたらしく、秀紀さんの要求に応じて人間と同じように遊ぶことができた。

秀紀さんは人間の友達よりも白い猿と遊ぶほうが楽しかった。

白い猿はおじいさんの部屋以外でも時々、秀紀さんの前に現れて彼を助けてくれた。

遊園地で両親からはぐれたときは、手を引いて迷子センターまで連れていってくれた。

自宅の二階窓から転落しそうになったときは、咄嗟《とっさ》に後ろから抱えて助けてくれた。

有名な小学校をお受験するとき、プレッシャーで腹痛になった際には一晩中、心配そうに秀紀さんのお腹をさすってくれていた。

秀紀さんにとって猿は頼りになる友人で、自分にとってなくてはならない存在だった。

また、陶器から本物の白い猿になった姿は、おじいさんと秀紀さん以外には誰にも見えていないらしかった。

秀紀さんはおじいさんとの約束で、白い猿のことは他人に言わないことにしていた。

しかし、秀紀さんが大きくなるとともに白い猿が現れる頻度も減ってきた。

最後に猿が現れたのは秀紀さんが小学校三年生の頃。見事受かった有名小学校でいじめにあっているときだった。

公園でいじめっ子三人に囲まれているとき、白い猿は秀紀さんをかばうように疾風のごとき速さで飛んできた。

そして鼓膜が破れんばかりの大きな叫び声をいじめっ子達に放った。

いじめっ子達は全員泣いて逃げ出したが、秀紀さんも猿が怒って凄まじい咆哮《ほうこう》をあげる姿を初めて見て、恐ろしくなって泣いた。

その日を最後に、白い猿は陶器から実物の猿になることはなくなった。

おじいさんに、何故白い猿は現れなくなったのか訊いてみたら、

「ヒデも男だから、そろそろいろんなことを自分の力で乗り越えていかねばならん。猿はそう思ったのだろうよ」

と、秀紀さんの頭を優しく撫でながら言った。

秀紀さんが高校生の頃におじいさんが亡くなった。

おじいさんの書斎にある古美術品は売られたり捨てられたりして処分された。

その頃には秀紀君は白い猿と遊んだ過去をすっかり忘れていて、猿の置物も何処にある

のか分からなくなっていた。

更に時が経ち、秀紀君は結婚して一児の父親になっていた。

彼の実家はかなり広かったので、そこに奥さんを迎えて子供を授かり、現在は自分の両親とともに暮らしていた。


ある日、秀紀さんは実家の大掃除をしていた。

物置の不用品を運び出していると、幼稚園に入園したばかりの秀紀さんのやんちゃな息子が走って彼の元にやってきた。

ガシャン!! と音がしたと思うと、息子が突進してぶつかった勢いで、あの懐かしい白い猿の置物が割れてしまっているではないか。

「こんな所にあったのか……」

秀紀さんの脳裏に、幼い頃、白い猿と過ごした記憶が一気に蘇ってきた。

幸い、子供に怪我はなかった。

秀紀さんは初めて大声で自分の息子を怒鳴った。

自分の思い出の詰まった猿の置物を壊すとは何事だと。

幼稚園児になったばかりの息子は、何を怒られているのか分からず泣いた。

秀紀さんはそんな子供を尻目に割れた猿の陶器をかき集めた。
その夜、秀紀さんは隣で寝ている子供の枕元に何かがいるのを感じた。
幼い頃、自分と遊び自分を守ってくれた白い猿が座ってこちらを見ている!!
「随分と、久しぶりじゃないか……」
秀紀さんは思わず涙を流しながら猿に微笑んだ。
すると猿は寝ている息子の頭を撫でながら笑った。
本当に、人間みたいな表情で猿が笑った。
「あんなことくらいで大事な息子を怒るなよ」
と、言っているみたいだった。
懐かしがった秀紀さんが触れようとした瞬間、笑ったまま白い猿は消えた。
今でも秀紀さんの住む家には、接着剤で修復された白い猿の置物が飾られている。

伊川さんの人形

米沢さんは大きなマンションで暮らしている。

築年数二十年の古いマンションである。最新のセキュリティや快適な施設はないが、その分、隣近所とは親密な付き合いができる。

ワンフロア丸ごと町内会のようなものであった。

当然、子供達も仲が良い。夕方までのひと時、マンションは子供達の笑い声に満ちる。

賑やかで平和な日々が続いていた。

春になって間もない頃、米沢さんは夕餉《ゆうげ》の支度をしていた。

玄関のドアが開き、娘の紗代ちゃんが帰ってきた。いつもなら、そのまま台所に突進してきて、お腹が空いた攻撃が始まるところである。

が、その日は様子が違った。子供部屋のドアを開け閉めする音が聞こえたのだ。

珍しいこともあるものだと微笑み、米沢さんは支度を続けた。

結局、紗代ちゃんは夕食時まで出てこなかった。

その日の夕食時、米沢さんは何げなく紗代ちゃんに訊いた。

「部屋に籠もって勉強でもしてたの？」

紗代ちゃんは黙ったまま、首を横に振った。暫くして紗代ちゃんは口を開いた。

「あのね。お人形さん、もらったの」

友達三人と一緒に、いつもと違う場所で遊ぼうと決めた。一つ上の階で遊んでいたら、すぐ近くの窓が開いて、お婆さんに呼び止められた。

お婆さんは、みんなに一つずつあげると言って、綺麗なお人形さんをくれた。

話の内容を纏めると、そのような流れである。

とりあえず米沢さんは、どのような人形か見せてもらうことにした。

紗代ちゃんがおずおずと持ってきた人形を見て、米沢さんは驚いた。

所謂《いわゆる》ビスクドールと呼ばれる種類の人形である。見たところ、かなり古い物に思えた。

古いせいか、やや臭いはするが、美術品と言ってもおかしくないような高級感に満ちている。結構な値段がするはずだ。

流石にこれは貰えない。紗代ちゃんも、それは分かっていたらしい。

だからこそ、こそこそと親に隠れて部屋に持っていったのだ。

お婆さんに返すからと言われて、紗代ちゃんは素直に頷いた。

翌日、家族を送り出してから、米沢さんは改めて人形と向き合った。

陽光に照らされた人形は、何とも言えず愛らしい微笑みを浮かべている。

何時間でも見ていられる。何も支障がなければ、自分のものにしておきたいぐらいだ。

思わず抱きしめたくなる衝動に駆られ、米沢さんは慌てて立ち上がった。

身支度を調え、人形をそっと袋に入れ、上の階へ向かった。

紗代ちゃんから聞いた部屋番号を探す。一番奥の角部屋であった。

表札には伊川と記されてある。玄関横の部屋の窓は、カーテンが閉められている。

呼び鈴を押してみる。返事はない。ドアに耳を当ててみた。室内ではテレビの音がしている。

留守とは思えないのだが、何度呼び鈴を押しても応答はなかった。

他の家事も溜まっており、いつまでも待ってはいられない。時間を改めることにして、米沢さんは一旦、部屋に戻った。

人形を袋に入れたまま、娘の部屋に戻す。部屋から出ようとした瞬間、誰かに呼び止められた気がした。

位置的には人形を置いた辺りからだ。気のせいだろうと自分に言い聞かせ、米沢さんは居間に戻った。

その日の夕方、紗代ちゃんは玄関から自室に直行した。その直後、台所に走ってきた。

「お母さん、お人形さん持っててていいの？」

米沢さんはそう訊かれるまで、人形のことをすっかり忘れていたという。

紗代ちゃんに忘れていたと謝り、米沢さんは人形を持って再び角部屋に向かった。

玄関前に誰かいる。米沢さんと同じ階に住む小西さんだ。紗代ちゃんの友達、花梨ちゃんのお母さんである。

「あ。もしかしたら、花梨ちゃんも人形を貰ったの？」

小西さんは困った顔で頷いた。米沢さんと同じく、あまりにも高価そうな人形なので返しに来たという。

立ち話をしていると、三人目の母親が来た。米沢さんの二軒隣の戸倉さんだ。

用件も同じであった。

代表して米沢さんが呼び鈴を押した。朝と同じく、応答がない。

電気のメーターは動いている。テレビの音も聞こえてくる。しつこく押すと、窓のカーテンが開いた。窓の側に誰かが立っている。

「あのすいません、昨日、人形を頂いた子供達の親ですが。ちょっとよろしいですか」

返事がない。人影は動こうともしない。

「このような高価なものは頂けませんので、お返ししたいのですが」

話し終えた途端、いきなりカーテンが閉じられた。それっきり、何の反応もない。

仕方なく、三人はその場で話し合い、管理人経由で返そうと決めた。

次の朝。

マンションの外から大きな音が聞こえてきた。少し遅れて誰かが悲鳴を上げた。

悲鳴はすぐ近くから聞こえてきた。同じ階だ。慌ててベランダに出る。

二軒隣のベランダから、戸倉さんの悲痛な声が聞こえてきた。

「嘘！　何で！」

戸倉さんの目線は下に向いている。つられて下を見る。地面に女の子が横たわっていた。

女の子の手足は、あり得ない角度に曲がっている。すぐ近くにあの人形が転がっているのも見えた。


葬儀中、戸倉さんはずっとあの人形を胸に抱いていた。誰が注意しても離そうとしなかった。無理に引き離そうとすると、これは私の子よと叫んで暴れる。

その後、戸倉さんは皆が知らないうちに引っ越していった。

それから三日後。花梨ちゃんが自室で首を吊って死んだ。葬儀中、母親は戸倉さんと同じように人形を抱いて離さなかった。

これは絶対に人形が原因に決まっている。そうとしか考えられない。

思い詰めた米沢さんは、人形を袋に詰めて管理人室に向かった。

詳しい事情は話さず、伊川宅への同行を頼む。渋る管理人を半ば無理矢理引きずり、米沢さんは三度、伊川宅の呼び鈴を押した。

やはり返事がない。だが、今日は何としても返すつもりだ。米沢さんは思い切りドアを叩いた。それでも返事がない。

管理人は、とりあえず様子を見ようとしたのか、ドアの下にある新聞受けを指で押し、中を覗き込んだ。

その途端、仰け反ってドアから離れた。物凄い臭いがするという。

これはもしかしたらと呟きながら、管理人は持っていたマスターキーでドアを開けた。

激臭が溢れ出してくる。臭いの原因はすぐに分かった。

入ってすぐ隣の部屋で女が首を吊っていたのである。部屋の中は、人形で埋め尽くされていた。

検死の結果、女は伊川さんであった。亡くなってから二カ月は経っていたらしい。

発見したとき、米沢さんは持ってきた人形を部屋に置いてきた。

そのお陰か、今のところ紗代ちゃんは健在である。

塀の上のもの

北関東のとある駅のアーケードの外れに、狭小の居酒屋やスナックが十数店ほど建ち並ぶ、か細い裏通りがある。

数年前、この裏通りの中ほどで営業していた小さな小料理屋が、小火《ぼや》騒ぎを起こし半壊した。

元々ガタのきていた店だったこともあり、小料理屋はこれを機に店をたたみ、半壊となった建物はきれいに取り壊されてしまった。

暫くこの土地は空き地のままとなり、その奥に建つ家屋背面のトタン壁が露見している状態が続いていた。

そんな奥の家屋と手前の空き地はブロック塀によって隔てられているのだが、このブロック塀の上に以前、少々ぎょっとするようなものが置かれていたのだという。

それは一見すると、人の頭部であった。

もちろん本物であるはずはないのだろうが——。

それが顔を奥の家屋側に向け、こちらに真っ黒な短髪に覆われた後頭部側を見せた状態で、ぽつんと一つ置かれていたのである。

それはとある平日の午後一時過ぎ。曇天気味の、寒い日のことであったという。

フリーターの平井さんは職場に向かう際、この人通りの少ない裏通りを突っ切り駅を目指すことが多かった。

いつもと何ら変わることのない褪せた街並み——そんな見飽きた光景の中の小さな違和感に、平井さんはすぐに気が付いた。

周囲の建物から生じた影が差し込み、暗がりとなった空き地の奥の塀の上に、一つ見慣れぬ物が置いてある。

——件の頭部である。

どことなく漂う場の陰気な雰囲気も相まって、多少の気味の悪さも感じたが、好奇心がそれを上回った。

平井さんは空き地の中に立ち入り、もっと間近でその頭部を見ようと試みた。

でこぼことした空き地の中をゆっくりと進む。

一歩、また一歩と歩を進める度に、その頭部がまるで平井さんのほうを振り返るかのように、ちょっとずつ回転している——ような気がした。

思わず平井さんが足を止めると、頭部の回転もピタリと止まる。

気のせいだろうと再び塀に向かって、先程よりも速く歩を進める。と、その進む速さに合わせたかのように、頭部はぐるんと素早く回転し顔をこちらへと向けた。

その顔は目鼻口の凹凸はあれど真っ白で、完全にマネキンのそれであった。

どうしてこちらの動きに合わせて回転するのかその仕掛けが気になり、尚もブロック塀に向かって歩を進める。そして平井さんはとても驚いてしまったのだという。

どの時点でそうなったのかはっきりと分からないそうなのだが、いつの間にかその頭部は塀の上に置いてあるマネキンではなく、塀の奥のトタン壁に描かれた落書きになっていたというのである。

それはただただ真っ白いだけの縦長の楕円形と、髪の毛に見えるように配された黒ペンキのみの、とても粗雑な絵だった。

仕事を終えた午後十一時辺りに、平井さんは再びこの空き地の前を通りかかった。

塀の上にあった頭部はやはり絵のままで、暗闇に飲まれた空き地の中で、真っ白い顔の部分が月の光に照らされて、ぼんやりと発光していたそうである。

歪　——奇譚ルポルタージュ

某ショップ支店長の八重樫さんは、今年四十五歳になる。

そういえば、戸立って言う男がいて——雑談の中、彼がポツリと漏らした。

八重樫さんが戸立と初めて会ったのは十三、四年ほど前だ。

彼はショップに特注品を卸す、営業兼配達員だった。

二十五と若いのだが老けて見える。更に背が低く小肥りで、あまり清潔感がない。

ワイシャツの首回りは変色し、スラックスは皺《しわ》だらけ。革靴はいつから磨いていないのか分からないほど汚れ、傷も付いていた。

八重樫さん自身は少々潔癖症である上、職業柄身なりにも気を付けている。

彼にとって苦手なタイプであるはずなのだが、何故か戸立ととても馬が合った。

仕事上だけではなく、プライベートでも付き合う間柄となった。

お互い独身だったから、何事かに付けて誘い合っていた記憶がある。

出会って一年が過ぎた辺りだったと思う。

八重樫さんの会社で商談をしている最中、戸立が仕事を辞めると言い出した。

「僕、会社の人間関係がうまく構築できないンすワ」

戸立はいつも故郷の訛りが残った歪な標準語で喋る。

彼の言い分を要約すると、会社が辛いから辞めて、田舎へ帰ろうと考えているらしい。

八重樫さんは思わず引き留めた。

今の会社を辞めてもそれは逃げである。田舎へ戻ったところでまた同じ轍《てつ》を踏む可能性も高い。だったらまだこっちで新しいところに勤めて頑張らないか？　自分の知っている会社の社長を紹介できるから……そう年下の友人に助言をする。

真剣さが伝わったのか、戸立は提案を受け入れた。


新しい会社を紹介する前、八重樫さんは戸立に身だしなみを教え込んだ。

安物でもいい、いつも綺麗なものを身に着ける。

靴は数足をローテーションして履き、時々でよいから磨いておく。

髭《ひげ》は剃り、髪の毛は整える。汗の臭い対策に制汗剤を使う。

また、彼が人を下から睨め付けるような癖があることを注意する。しかし当人に自覚がない。視力が弱く目を細めることが原因だったので、コンタクトを着けさせた。

このお陰もあったのか、紹介した会社の面接は一発合格だった。

また、これまでと違って人間関係構築もうまく行き始めたと報告があった。

「八重樫さんのお陰っすワあ。僕、一人じゃうまくいかなかったと思いますワ」

自信を得たせいか、彼は様々なことが良い方向へ回り始めたようだ。

新会社へ移ってから約一年半後、彼は新しいマンションへ引っ越した。

戸立は八重樫さんを新居に招いた。

現地に着いて驚いた。オートロック付きで思ったよりも立派だったからだ。

彼の住まいは四階。高層階よりも安いだろうが、部屋数も多く、洒落た造りである。

調度品は高級そうなものが並び、カーテンもオーダー品の分厚い物が下がっている。

全てローンを組んで買ったと言うが、今の会社の給料で賄えるのだろうか。

八重樫さんの心配に、戸立は笑って答えた。

「今、僕、副業で稼いでいるんすワ」

そう言いながら、奥の部屋へ案内される。

中を見て、感嘆の溜め息を吐いた。

そこがある種の本格的な工房のように改装されていたからだ。各種工具や材料、塗料が綺麗に収められた棚。広い作業台と塗装ブースも完備してある。

不思議なのはオーブントースターや食器乾燥機の存在か。

これらも造形や塗装に利用するのだと教えてくれた。

「ここでコスプレの小道具とか、依頼された造形物を作っているンすワ」

金色に塗られた装飾品のような物や、特撮で出てきそうな小道具的な物。

棚の一部にはアニメの登場人物やメカのようなものも置いてある。

「リクエストされたものを代行制作しているんすワ」

説明を受けながら、一つ一つ手に取ってみるが、かなり精巧な造りだった。

戸立の趣味は模型作りで、素材の扱いや造形テクニックに長けていることは知っていた。が、予想よりも素晴らしい作品群だ。才能があると褒めると、彼は喜んだ。

「プロップとかの再現で玩具の塗装をし直したり、細かいところを変更したり。あとキャラクターやメカのキットを改修して作っているンすワ」

プロップとは、映像作品の劇中に出てくる小道具のことを言うらしいが、戸立がやっているのは特撮関係のものが多いようだった。また有名映画の光る剣の柄もあった。

「意外と金になりますし、複雑な注文だと、かなり高額になるンすワ」

しかし、時給に換算するとそこまで儲けはないのではないかと訊いた。

「いや、玩具の再塗装とか市販品利用なら楽っすワ。あと数カ月単位で作るようなものはそれなりに金額が跳ね上がりますから」

他にも不安はあった。著作権だけではない。今の会社は就業規則で副業禁止のはずだ。

著作権はキット制作だから大丈夫、会社にはナイショっすワと戸立は苦笑いする。

若干の引っかかりを感じながら、この話はここで終わった。


しかし、それから数カ月ほどして、八重樫さんの元へ連絡が入った。

それは戸立の会社の社長からだった。

内容は、戸立を解雇した旨と、紹介者である八重樫さんへの嫌味である。

青天の霹靂とはこのことだ。

戸立をクビにした理由は、欠勤数だった。無断で休むことも多く、連絡を入れて理由を問いただしても答えないのでどうしようもない。自宅へ出向くと居留守まで使う。

これではもう雇っておけない、という判断が下ったらしい。

会社が社員を辞めさせるというのは余程のことだ。

社長には後日謝罪に出向くことを伝えた。

電話が切れた後、戸立の携帯に電話を入れると、彼は平然とした様子で出る。

会社のことを訊く。

『確かにあれは、僕が悪いンすワ。副業のほうに注力し始めたから……』

八重樫さんの顔を潰してスミマセンと彼は電話の向こうで謝った。連絡しなかったのも、バツが悪かったのと、どう話せばいいのか分からなかったからという。

その日の晩、訳を訊くために戸立のマンションへ行くと告げ、通話を終えた。

正味の話、腹が立って仕方がなかったのもある。それは自分の面子をどうこうという話ではない。戸立が〈しでかす前〉に相談をしてくれなかったことが不満だったのだ。

八重樫さんは本当に戸立を可愛がっていたのかもしれない。

夜、戸立のマンションを訪れた。

部屋の中は綺麗に整頓され、本人も身なりは綺麗だった。

「今、僕、こっち（造形）で喰っていこうと決めたンすワ」

それはそれでよい。しかしどうして自分に何も言わなかったのだと追及すると、彼は少しふてくされた様子で答える。

「凄い太客が付いたンすワ」

関西にいる好事家からネットを通じて発注が毎週続いているようだ。

それも前金として受注価格の半分を先に払い込んでくる。相手は〈これは材料費や資料代であり、よりよい作品を作るための支度金〉だと言っているらしい。

「これとこれはそれぞれ十万と二十万だから、十五万は入金してくるンす」

作業台の上には樹脂の塊が二つあった。それぞれ形を出している最中のようだ。

そして銀行の通帳を広げて見せる。毎週、十数万から数十万の入金があった。

今ではこの関西の客だけを相手に直接商いをしているのだと戸立は笑う。

「他を作る暇もないッスから。でも制作数もこれまでより増えているッス。早く完成させて、どんどん送らないといけない。だから会社に行っている時間はないンすワ」

実は、相手の素性について戸立はあまり知らない。

聞いているのは関西の資産家で、年齢は五十代の男性。

特撮やアニメーションファンで、ネットで見かけた戸立の造形物を購入し、実物を手にとってその精緻な仕上がりに感動した、らしい。

「他にはない一点物の改造品、劇中そのままの品物が欲しいから注文、ってことっス」

それにしては胡散臭いことこの上ない。

戸立の制作物を横流しする、或いはコピー品の原型にしているのではないだろうか。

「そうだとしても、きちんと支払われているし……それに」

戸立が口ごもった。先を促すと漸《ようや》く口を割る。

「相手は、僕の作る物を、一流品、芸術品、美術品だと言ってくれたンす」

僕を認めてくれる人が少なくとも一人いたんだ、と彼は顔を真っ赤にする。

とにかく、困ったことがあれば絶対に自分に相談することを約束させ、八重樫さんは戸立の部屋を後にした。


それから戸立と会うことはかなり減った。

制作時間を取られすぎて、外にも出る暇も遊ぶ暇もないと聞いたからだ。

既に半年以上が過ぎようとしていた。半ば引きこもりである。これはよくないと何度か食事などの理由を付けて、夜に何度か引っ張り出した。

どうしてなのか彼はその度にいつも同じ服装でやってくる。バッグの類はなし。白いポロシャツとベージュのチノパンに黒い革靴だ。

気温から考えると薄着過ぎる。実際、腕に鳥肌を立てていた。

「他の服を着ると、手の感覚がおかしくなって、造形に影響するから」

そんなことある訳がないだろうと笑うと、必死に言い返してくる。

「本当に変わるんです。だからバッグも持って来ない。本当ならフォークやナイフどころか、箸も握りたくない。それくらい手はデリケートなものなのです」

そう言いながら戸立は嫌々箸を持ち上げ、器をテーブルに置いたまま食事をする。当然、零れたり跳ねたりしてテーブルクロスも服も汚れていく。

ある程度食べると彼はさっと立ち上がる。そしてポケットからカードを取り出し、全ての支払いをして帰っていく。

八重樫さんには何も言わずに、だ。ここ毎回のことだった。

この頃、戸立の訛りは完全に消えていた。それと同時に、彼の感情がおかしくなっているような気もしていた。喜怒哀楽が極端になっているのだ。

いや、感情がどれか一つに固定されているように思えた。

例えば、ずっと怒っている日もあれば、ニヤニヤ笑いを続ける日もある。

ある日は、顔が曇っているなと思っていると突然泣き出した。

一番気持ちが悪かったのは、真顔のまま両手を合わせ、「感謝感謝」と繰り返す姿だ。駅前の鳩や電柱、カップルにすら同じく「感謝」する。

まともではないと心配になった。

そんな戸立と何度目かの食事だったか。

いつものように支払いを終えたポロシャツの彼が店の外へ出ていく。

咄嗟に後を追いかけた。これまで奢られた分を返そうと、封筒にお金を用意してきたからだ。当然受け取らせるタイミングがなかったので、外で押し付けるつもりだった。

だが、路上に出た瞬間、戸立は全速力で走り始めた。慌てて走るが追いつけない。彼はあっという間に駅へ入り、改札を抜ける。

だが、いつもの路線ではないホームへ進んでいった。完全に遠回り、否、別方向の電車だ。

何かがおかしい。どうしてか分からないが、無闇に不安感が沸いてくる。八重樫さんは封筒を渡すことを後回しにして、後を尾けることを最優先にし、身を隠した。

戸立は途中の駅で降り、そのままトイレへ向かっていく。入った個室から、吐瀉《としゃ》の声が聞こえた。かなりの量に思える。しかしそんなに食べていないはずだ。

ドアが開く。戸立と目が合う。失敗したと思った。が、相手は八重樫さんの存在が見えないのか、手を洗い、口をすすぐと、そのまま出ていった。

再び後を追う。彼は電車に乗り、食事をした駅まで戻り、一度改札を出た。

そのまま踵《きびす》を返すと、また改札を抜け、今度はいつもの路線に乗る。

その後は何処にも立ち寄ることなくマンションまで戻ったが、途中ずっと両手の指を動かしながら、ブツブツと何かを呟いていた。

（これは、きちんと話したほうがよい）

八重樫さんは戸立の部屋を呼び出した。

『はい……ああ、八重樫さん。今開けます』

さっきまで食事を共にしていたとは思えない態度だった。

招き入れられると、部屋の殺風景さが目に付いた。

リビングにはテレビもソファもなくなっている。

ただ一枚、小さなマットが置いてあった。マットは畳一畳分くらいで、薄紅色だ。

だが、その中央が色褪せている。繰り返しここに座っているせいだろうか。よく見れば毛足が短くなっていた。カーテンも薄手の質素なものが一枚だけになっている。

「八重樫さん、今日は？」

本当にさっきまでのことを憶えていないようだ。

「ちょっとスミマセン。食事するところだったので、先に済ませてきます」

戸立がキッチンへ行く。気になり、後を着いていく。

調理器具などは全くなくなっており、冷蔵庫くらいになっていた。

近くには通販の段ボールが潰され、重ねられている。水とパック式ゼリー飲料の箱だ。

彼は冷蔵庫からゼリー飲料を取り出し、調理台の上に置くと蓋を取る。そのまま口のほうを近付け、手を離し、一気に啜り込んでいった。両手をぶらりと下げ、背中を曲げてゼリーを吸う姿は普通ではない。数秒で飲み終えた空の容器は、下にある指定ゴミ袋に落とされる。全てがあまり手を使いたくない所作に感じられた。

「……僕、手を使う仕事だから大事にしているのです」

何故か、はにかむような表情だった。

ああそうだと彼が何かを思い付いた顔になり、造形部屋へ招かれる。入ってみると、そこには所狭しと色々な作品が置かれてあった。どれも件の〈関西の客〉向けのものだと言う。それぞれ色が塗られておらず、幾つかの部品ごとに分割されていた。

どうもこれは原型というものらしかった。

この原型をシリコンゴムなどで型取りし、合成樹脂を流し込み、複製品を作るようだ。複製品を丁寧に仕上げ、完成品として発送しているのだと教えてくれる。

時には内部をくり抜いたり、中空で整形してギミックを仕込んだりするから複製品のほうが都合に良いこともあるとも言う。

作業台や棚の幾つかには資料のコピーが何枚も貼られている。赤ペンで書き込みがされているが、かなり細かい指定があるようだ。

溶剤の臭いのせいなのか、見ているうちに急に頭が痛くなってきた。

これ以上何かを問い詰めても何も言わないだろう。
八重樫さんは帰ることを告げ玄関まで行く。戸立が見送ってくれた。
「あ。八重樫さん。また来て下さいよ。待ってます」
真顔で右手を振った。
しかし、手を握りしめた状態だったので、おかしな感じを受ける。
これもまた手を大事にするためだろうか。分からない。
マンションを出て、ふと戸立の部屋を見上げた。
彼の部屋の電灯が凄い勢いで明滅しているのが目に入った。
どういう意味がある行動なのか、理解はできなかった。

八重樫さんは戸立と距離を置いた。
店の販売イベントで忙しかったこともある。だが会いたくなかったのも理由の一つだ。
薄情だが、そうするのがベターだと思った。
仕事が一段落した冬の終わりか。ふと戸立のことを思い出した。
〈また来て下さいよ。待っていますす〉と言われてから数カ月が過ぎている。
向こうから連絡がなかったこともあるが、自分も彼のことに関して心に蓋をしていた。

（久しぶりに会ってみてもよいのではないか？）

様子を確認するため、戸立に『仕事帰り、今晩そっちに行く』ことをメールで入れる。

返信には『お待ちしております』とだけあった。

道すがら、ホットドッグを数本買った。重いものを持ちたくない人間でもこれなら食べられるだろうと判断したからだった。

戸立のマンションへ入ると、言葉を失った。

ドアを開けた彼の顔は別人のように痩せこけている。髪の毛も後退し、白い物がかなり目立つようになっていた。

格好は白いポロシャツにベージュのチノパンだ。それぞれ真新しい感じがする。

変貌ぶりに狼狽《うろた》えていると、彼は厭な顔をした。

「八重樫さん、臭い」

こちらが提げている袋を指差した。ホットドッグの匂いが駄目だと言うのだ。

「外の廊下に置いて入って下さい」

命じられるまま八重樫さんは一度廊下へ出て、袋を放置する。

再び中へ戻る。部屋の中はマットすらなくなり、更に殺風景になっていた。生活感そのものがなくなっているようにも感じる。

「こっちに来て下さい」
促されるままに造形部屋へ入る。思わず息を呑んだ。
部屋の至る所に、女性の裸体写真があったからだ。
全部で十数枚だろうか。Ａ４サイズ程度に引き延ばされ、プリントアウトしてある。
グラビアなどではない。直立した姿の若い女性の三面図的なものが殆どだ。
全て同じ人物かと思えば違った。少なくとも四人分ある。
それぞれの表情は暗い。何かに耐えているような顔だ。
作業台の前にはどうしたことかそれらの女性が両足を大きく開いた写真が並んでいる。
よく見ればその傍に造形中のフィギュアが何体か立てられ、並んでいた。
結構大きい。身長は、大人の手首から肘までの長さはあるだろう。体型はリアルだ。
「これ、今やっている仕事です」
戸立が固い声で囁《ささや》く。
「顔もですが、細かい部分も写真と資料のまま再現してくれって。性器も、他も」
彼はフィギュアの一つを取り上げて、手足を動かした。
フィギュアにはデッサン人形のような関節が仕込まれている。
足を大きく開いて、こちらに向けた。精密な造形だった。

「これね、ここ、作るでしょ？　塗装してから、その後で埋めてくれって。見えなくしてから下着のようにして、またディテールを彫り込むように、だって」

お洒落なものにしてくれって言われているから大変だと彼は苦笑いを浮かべる。

ただ、フィギュアには髪がなく、顔はのっぺらぼうだった。まるで卵のように見える。

「顔が造形できない」

こちらが思っていることに気付いたのか、唐突に戸立が鼻をすすり上げた。

「僕にはもう無理だ。この写真の女性達を〈落とし込むこと〉は不可能だ」

落とし込む。やけに耳に残るフレーズだった。

もう止めればいい。依頼者も許してくれるだろうと声を掛けた。

だが、怒声が返ってきた。クライアントは、戸立の芸術性を高く買っており、〈君の手により、彼女達に命を吹き込んでくれ〉とオーダーしてくれた……らしい。

「クライアントが言うのです。僕に〈造形芸術家としての腕を見込んでいる〉って」

発注者は、あの関西の好事家からだとそこで聞かされた。

どうしてこんな注文をするのか。それに、戸立を〈造形芸術家〉と仰々しく呼ぶのは他に何か意図があるのか。そしてこれらのフィギュアは芸術品、美術品なのか。

重なる疑問に混乱しながら、作業台の上へ再び視線を向ける。

台の上にファスナー付きのプラスチックバッグが幾つか放置されているのが目に入る。

大きさは一般家庭でよく使われているもの程度か。

一つは黒い糸らしき束と、白い欠片が混ざったもの。

もう一つは茶色い何か——鰹節のようなものがパンパンに詰められたもの。

そしてカードの類が何枚も入ったものもある。

よく見れば、複数の免許証やクレジットカードのようだ。免許に記載された住所は関西各所で、写真は全て若い女性の顔だった。

周りの裸体の写真と見比べる。似ている気がする。

急に落ち着かなくなった。帰ろうとしたとき、戸立が後ろから抱きついてくる。

更に両手の指を八重樫さんの左右の指に絡め、耳元に唇を寄せてきた。

彼は、できないできない、と繰り返す。同時に複数の女性の声が四方から響いた。

歓喜の声なのか、泣いている声なのか、苦しんでいる声なのか分からない。

戸立は「できないできないできないできない」と延々呻《うめ》く。

女性の声が八重樫さんの後ろに集束していく。それは言葉らしきものに変化した。

「くるしい」か「くやしい」のどちらかに聞こえる。

女性達の言葉には、独特の関西訛りがあった。

振り返る勇気はない。しかし出口は後方だった。

目を閉じたまま、戸立を振り解き、突き飛ばした。

あとは勘でドアを目指す。距離感もなく、当然うまく進めない。

前に出した手を何処かに強くぶつけ、右手の薬指と小指を突き指した。

思わず目を開けるとドアがある。これ幸いと痛む指でノブを捻る。

後ろから肩を強く引かれた。咄嗟に振り返る。

戸立がこちらに向け、大きく口を開けている。意味が分からない。

その後ろに何かがいたような気もしたが、意識してピントを合わせない。

必死にそこから逃げ、這々《ほうほう》の体《てい》で自宅マンションまで戻る。

電車の中では気が張っていたのか大丈夫だったが、ドアの中に入るなり、足から力が抜ける。そのままその場にへたり込んだ。

部屋の中は暗い。何か厭だ。明かりを点けないといけない。

無理して立ち上がり、全ての電灯のスイッチをオンにする。

窓の外を見ないようにしてカーテンを閉じ、テレビを点けて、漸く人心地ついた。

熱い飲み物を何杯か飲んだときだったか。

唐突に呼び鈴が数回鳴らされた。

飛び上がらんばかりに驚く。一体誰が来たのか。身構える。

しかし、それからは呼び鈴が鳴らない。そっと玄関まで行き、ドアスコープから外を確認する。

誰もいなかった。

恐る恐るドアを開けた瞬間、異臭が鼻を衝く。生ゴミの臭いだ。

出所は何処か。ふと見れば、ドアノブには袋が下がっている。

戸立宅に持っていき、断られたホットドッグ店の袋だった。

臭いはそこから上がっていた。

オートロックのここまで誰が。いや、その前にこれが戸立に持っていた物と同じなのか、そうでないのか。もし同じ物だったとしたら、こんな短時間に腐るのだろうか。

混乱の中、彼が選択した行動は、全て放置して逃げる、だった。

近くにあるファミリーレストランへ入ると、朝までそこから動かなかった。

翌朝、一人で自宅まで戻ると、ドアノブに掛かっていた袋は姿を消していた。

八重樫さんは男性の友人宅を幾つか泊まり歩き、その間にマンションを引き払った。

戸立からの連絡も全てシャットアウトし、二度と彼とは交わらないようにした。

本社にも移動願いを出し、結果、遠く離れた他の支店へ配置転換してもらう。

少々時間は掛かったが、これで戸立とは縁が切れた。が、やはり気になる。

彼は時々、ネットで戸立の作品を探す。稀に似たようなものがあるが、やはり違う。

今思うと、彼の作った物はいい意味で他と違っていた。

戸立がまだ関西の太客に作り続けているのか。それとも全く止めてしまったのか。

消息については知らないし、調べようとも訊こうとも思わない。

ただ、そんなことをしていると、パソコンだろうがスマートフォンだろうが、必ず落ちる。何の前触れもなく、突然、ふつりと画面が消えて再起動が始まる。

そして、部屋の中がおかしな空気になる。

目を凝らすと何かが姿を現しそうになるので、極力無視をし、わざと大声を上げると決めている。威嚇《いかく》の意味だ。そうすると空気が元に戻るので、効果があるのかもしれない。

ただし、その後は視界が歪み、酷い眩暈《めまい》がするのが常であるのだが。

戸立の作品探しは止めたほうがよいと思う。だが、何年経っても止められないのが現状だ。

どうしてなのか自分でも分からない。

惰性なのか。それとも執着なのか。

八重樫さんは自嘲しながら、右手をこちらに差し出した。

薬指と小指が歪に曲がっていた。それぞれの爪も波打っており、指先は少し紫色になっている。動きもぎこちない。関節部分が引っ掛かるように動いた。

「あの日、突き指してから戻らないのです。偶に痛みますし、不自由、していますよ」

左目

久瑠嶋が骨董品のウェブショップを始めたのは十五年程前のこと。

前職のキャビンアテンダントだった頃からフランスの蚤《のみ》の市を見て回るのが好きで、仕事の合間を見ては通っていた。まあ趣味が高じて仕事にしてしまった訳だが。

当時はまだ蚤の市で仕入れをする日本人は少なかったせいか、同じ国の人間を見かければ自ずと顔見知りになる。

久瑠嶋はアンティークビーズやパーツを専門としていたから、他のバイヤーと欲しいものが被ることは滅多にない。そのせいか関係は良好で彼らは皆親切だった。

そのうちの一人、小杉はアールヌーボーの宝飾品を買い付けに来ていた。彼女は無類のカメオ好きで、常々「良いものを見たら教えて」と言っていた。

「ねえ、しまちゃん、これ見て」

その日の彼女は上機嫌で、手に入れたばかりというそれを見せてくれた。

「顔のところにちょっと色が入っちゃってるけど、良いと思わない？　肌なんか指で押したらぷるんってしそう」

少し斜め横を向いた女性の顔が彫られたカメオは、小杉の言う通り良いものなのだろう。貝殻に浮き彫りを施したシェルカメオなのか、瑪瑙《めのう》や天然石などを使ったストーンカメオなのかも区別が付かない久瑠嶋には説明されてもよく分からなかったが。

今まで女性の横顔のものしか見たことがなかったから、斜め横とはいえ両目が見えるデザインは少し珍しく思えた。ただ、左目に黒い点、小杉が言うところの「色」が入っている。

小杉の説明によれば、ストーンカメオにおいては、インクルージョンと呼ばれる内包物が見えるのはよくあることらしい。気にすることではないのかもしれないが、その「色」がまるで虹彩のようで妙に薄気味悪かった。

水を差すのもどうかと思い何も言わなかったのだが、そのうち食事でもしましょうね、と機嫌良く手を振られて別れた後、それっきり小杉とは連絡が取れなくなった。

それから半年程経って、小杉のことは気にしつつもいつものように蚤の市でアンティークビーズを買い付けていたある日のこと。

いきなり後ろから腕を掴まれた。

「しまちゃん、アクセサリーを買い付けてたよね?」

「あ、小杉さん、お久しぶりです、お元気でしたか?」

心配してたんですよ、という久瑠嶋の言葉を無視して、小杉は押し付けるように久瑠嶋の手にそれを載せた。

「これ、買わない？」

あのカメオだ。黒い点は滲んでその周りが少し赤く染まっている。虹彩の周りが赤く充血しているように見えて——。

「あの、私小物パーツ専門でカメオは扱っていないので」

咄嗟に言い訳めいたことを口にした。

「いいのよ、あげる。ね、あげる。あげるから。あげたから。じゃあね」

やや早口に言葉を紡いで久瑠嶋に半ば無理矢理押し付け、小杉は逃げるように人混みの中に紛れてしまった。

意図せず譲られた形になり、久瑠嶋は困惑した。一秒たりとも手元には置いておきたくない。

帰国してすぐに知人であるアクセサリー作家の末松に譲った。

ところがそれから程なくして、末松は突然左目を失明してしまった。

嫌な予感がした。だが、末松は久瑠嶋にとって昔からの大事な顧客である。見舞いがてら彼女の自宅を訪れた久瑠嶋を末松は快く招き入れた。

「大袈裟ねぇ。失明というか、極端に視力が低下してしまったんだけどね」

明るい声でそう笑う末松に久瑠嶋はホッと安堵の息を漏らす。

「しまちゃん、ちょっと来てくれるかな」

笑みを浮かべた顔はそのままに、その表情とはそぐわない力の強さで腕を掴まれた。半分引きずられるようにして作業部屋に連れていかれる。ガムテープでぐるぐると幾重にも巻かれた掌大の大きさのものが作業台の上に放置されている。

「ねえ、しまちゃん、アレ何？」

その瞬間、髪を鷲掴みにされ、作業台に顔を押し付けられた。

「アレ、おかしなものだって知ってて私に寄越した？　ねぇ？　ねぇええええええ！」

先程とは打って変わった剣幕に竦《すく》み上がった。ぼろぼろと涙が零れ落ちる。久瑠嶋は声を詰まらせながら入手の経緯《いきさつ》を語った。

「それ、開けてみて」

事の顛末《てんまつ》を聞いた末松はガムテープの塊を指差した。鷲掴みに乱された髪を直しもせず、涙と鼻水に塗れた顔で促されるままガムテープを剥がしていく。

「ひやぁっ！」

酷く間抜けな悲鳴が零れた。出てきたのはあのカメオ。ブローチから他のものにリメイクするために台座から取り外したのだろうそれの裏、カメオの左目に当たる部分の、あの黒い点の辺りに数本束になった髪の毛が生えていた。

もう一つ、久瑠嶋には忘れられない話がある。

彼もまた、フランスの蚤の市でのバイヤー仲間の一人だった。

黒瀬というその男は、世界各国を往来する大手商社のサラリーマンを経て、念願のアンティークの店を営んでいる。久瑠嶋が駆け出しの頃から蚤の市で買い付けを行っており、取り扱っているのは主に薬瓶や古い医療器具で、気付け薬を入れる小瓶型のネックレス等もあった。

その関係からアクセサリーを扱う古物商を紹介してくれた恩人であり、師匠のような存在でもある。

「しまちゃんはフランス以外で買い付けはしないの？」

黒瀬にそう訊かれたことがある。他の国には買い付けに行ったことがないし、また一から関係を構築するのも時間が掛かる。暫くは慣れた場所で仕事するつもりでいたのでそう答えた。

「僕ね、今度ドイツに行くんだ。しまちゃんの好きそうなものがあったら、チェックしておくね」

「ありがとうございます」

そんな会話をして一カ月、黒瀬の姿をぱたりと見なくなった。

単純に忙しいのか、ドイツでの買い付けが思ったよりも捗っているのか。そう考えていたのだが、それが二カ月、三カ月と日が経つに連れて何事かあったのかと心配になり、流石に連絡を入れてみた。

娘が入院しているらしい。そのための治療費に困っていると言うので、黒瀬の買い付けてきたもので久瑠嶋が捌けそうなものを買い取ることになり、彼の店に赴く約束を取り付けた。

約束の時間に訪れた久瑠嶋を、黒瀬は鉗子《かんし》や綿花入れなどが並びアンティーク独特の匂いのする店内の奥に招き入れた。椅子を勧められて座ったものの、黒瀬の顔は不自然に横を向いたままだ。

聞き出した娘の容態は、目の傷から菌が入り脳が炎症を起こしている、というもの。麻痺が残る可能性があるという。

「私が買い取れるもの、ありますか」

久瑠嶋の言葉に、黒瀬がカウンターの上に丁寧に広げたのはガラス製の義眼。それらはあまりにもリアルで精巧に作られていた。中には血管が浮いているものまである。

己が普段扱っているものと傾向が違いすぎる。正直、これを買い取っても売る場所がない。だが、恩人が窮地に陥っている。

「分かりました、お幾らですか」

そう言おうとしてカウンターから目を離し、顔を上げて正面から見た黒瀬の顔――。

「お金を用意してきます」

どうにか声を絞り出して、久瑠嶋は店を出た。

黒瀬の左目は黒目部分がラムネのビー玉のようなガラスの色をしていた。

それから黒瀬の店には一度も行っていない。それっきり連絡もない。どうしているのかは気になるが、怖くてこちらから連絡もできない。

そう話す久瑠嶋の左目は医療用の白い眼帯に覆われている。いつからそういう状態なのか、少なくとも最近の話ではないはずだ。

そしてそれは一体「どちらの」なのだろう。

無駄足

美大出身の常盤さんは、就職活動中に画廊の面接を受けた。

目的の画廊に着くと、若い女性がソファに座って待機している。女性は文系の大学生で「絵が好きだから」という理由で受けに来たようだ。

採用枠一名のところにかなりの数の応募があったようで、面接は二人同時に行われた。

(これは不採用だな)

常盤さんは面接が始まって間もなく、落ちたと確信した。

画廊側の求める人材は、絵画に関する知識より英会話。最低でも日常会話が問題なく行える程度の力が必要だ。もちろん他の国の言語も話せるならなお良い。美術品の買い付けや取り引きで必要なのだと思う。

初めて画廊の面接を受けてみて、一つ学んだ。

一緒に面接を受けている女性は、英語に関してはかなりのレベルのようで履歴書を見ながら面接官も興味を示していた。

（ここまでの交通費は無駄だったなぁ）

普段切り詰めて生活しているせいか、お金のことばかりちらつく。新しく履歴書をまた書かなければならないと思うと憂鬱になった。

面接を受けている部屋の壁には複数の絵が飾られている。

（せっかくここまで来たのだから、この後寄り道してから帰ろうか）

飾られた絵を眺めながら、面接とは全く関係ないことばかり考えていた。

（額装だけでも高そう）

どれも絵の価値は正直分からない。あれは売り物なのか常設展示なのか。余計なことを考えているとき、足元にふわっとした何かが当たった。

普段履き慣れていない薄手のストッキングのせいか、それとも静電気のせいかと思った。

チラリと足元を確認したが原因になりそうなものはなかった。

帰りのエレベーターの中でストッキングが伝線していることに気付いた。念のため履き替えるものは用意している。近くの百貨店のトイレに駆け込み脱いだ。

片足の脛のところが切れている。出血はなかったが、五センチほどの切り傷ができていた。

何かに引っ掛けた憶えはないし、痛みはない。

（面接のときかなぁ）

思い当たるとすればあのときくらいだが、切った憶えはない。

結果は予想通りの不採用となり、あの画廊には行っていない。原因は分からないままだ。

画廊の祠

美術作品を鑑賞するのが好きな信川さんは、趣味が高じて地方都市で画廊の経営を始めた。彼は会社員として働きながら女性従業員を雇って、若い芸術家達の絵画や彫刻、人形などの様々な美術作品を展示し、販売を代行している。出展料や販売手数料などから得た収益は、全て家賃や水道光熱費、人件費といった運営費用に充てているという。

その店舗は鉄筋コンクリートの二階建てで、借りる前に見学したところ、長年空いた状態で放置されていたことから傷みが酷く、穴だらけで野良猫の巣になっていた。裏庭があると聞いて行ってみると、草むらと化していて隅のほうに石段があり、近くに大きな石が幾つか転がっていた。楕円形と長方形の石があって、長方形の石は人の手によって直角に切り出されたものらしい。

「道祖神でもあったのかな……?」

どのような神が祀られていたのかは不明だが、祠らしきものが壊れて放置されているのは、気持ちの良いものではない。不動産会社の担当者に訊いても、知らないという。

「築六十年を越える建物ですからねえ。建つ前のことは我々にも分かりません」

そこで信川さんは挨拶を兼ねて近所の店舗を回り、「あの建物は昔、何の店だったんでしょうか？」と訊いてみた。すると、

「洋服屋だったよ」「文房具屋だったたねえ」「靴屋でした」「スポーツ用品店さ」

皆、言うことが違う。信川さんは不可解に思ったが、なおも調べてみると、実は全部正解であった。そこはこれまでに様々な業種の店が入っては撤退しており、何をやっても長続きしなかったのである。不景気の昨今ならそれも分かるが、バブル経済の時代から駄目で、二十余年の間、新たに入る店もなく、廃墟に近い状態になっていたという。

歴史を遡ると、この都市は戦時中の空襲によって、死者五百名を超える大被害を受けている。市街地は焦土となり、再建までに長い月日を要した。九十歳を過ぎた老婆の記憶によれば、戦中までここには小さな稲荷神社があったが、空襲によって破壊されたそうだ。

（ここにどんな店が入っても長持ちしなかったのは、壊された稲荷の祟りではないか？）

信川さんはそう推測し、知人の石工に頼んで石の社を復元してもらった。

けれども、逆効果だったのか、信川さんが朝早く店に来てみると、壁に掛けてあった絵画や棚に置いてあったアクセサリーが床に落ちていたり、ケースに入った人形が倒れていたりすることが度々発生した。どの作品も傷ついていなかったことが幸いであった。地震は起きておらず、入り口は施錠してあったので人間のいたずらとは思えなかったという。

そして信川さんが、所用で閉店後の店内に一人でいたときのことである。午前一時を過ぎた頃、不意に上からボーン、ボーン……と動物が跳ね回るような物音が聞こえてきた。

（猫でも入り込んだか？　穴は全部、業者に塞いでもらったはずなのにな）

しかし、その物音は猫の足音よりも遥かに大きくて、重量があるように思えた。おまけに、ズルズル、ズルズル……と太くて長いものを引きずっているような物音まで聞こえてくる。二階へ行ってみると、下からではなく、上から同じ物音が聞こえてきた。

（屋根裏に何がいるんだ？）

もしも泥棒が入り込んだのなら、警察を呼ぶなどの対処をしなければならない。近くにある自宅へ逃げ帰る訳にもいかず、緊張しながら様子を窺っていると、三十分ほどで物音は止んだ。それきり何も起こらなかったので、信川さんは自宅へ引き揚げた。

ところが、それから数日後の朝。

本業が休みだった信川さんは女性従業員と開店前の準備をしていたところ、急に気分が悪くなって、トイレで嘔吐した。女性従業員にタクシーを呼んでもらい、病院へ向かったが、タクシーから降りたところで倒れてしまった。病院に運び込まれ、様々な検査を受けたものの、原因がはっきりしないまま、一週間ほど入院する羽目になったという。

現在はすっかり快復しているが、彼もまた、店舗を他の町へ移転させたそうである。

また会いましょう

会社員の源城さんの美大浪人時代の話になる。

通っていた予備校は、自宅から通える範囲で選んだ。それでも片道一時間は電車で掛かる。心の何処かで、仕方なくそこにしたという気持ちと受験への不安で、随分と捻くれた性格になっていた。

『画廊を回って、置いてあるダイレクトメールのハガキを頂いてきなさい』

夏期講習に入る前。まだ受験まで日があったことから、少し変わった課題が出された。

画廊を回り、色々な作家の作品を見て勉強してこいという意図だ。

月曜日は展示初日のところが多く、関係者の出入りも多いことから避ける。源城さんは友人達とは回らず、一人で行くことにした。

画廊が多く並んでいる通りを端から順番に歩く。端まで来たら、一本裏道へ入る。展示されている作品のジャンルにこだわらず見て回った。

最後に大通りから離れた細い通りに入ると、小さな画廊を見つけた。入り口の看板がなければ気付かなかった。

人目に付きやすい大通りや有名画廊ともなれば賃料は上がる。そういった場所で個展を開くには厳しい審査もある。

「こんな裏道で、しかも建物二階。人が集まり難い場所で展示しているのだからそれなりなのかな」

絵を見る前から馬鹿にしているところはあった。

狭い階段を上り中に入ると、こぢんまりとしたスペースに複数の風景画が掛けられていた。展示されている絵の殆どは森や山で、淡い緑の色調が多かった。どれも代わり映えしない。ぼんやりとした仕上がりのせいで未完成のような緩さがある。少なくとも源城さんの好みの作品ではなかった。

奥のほうに男性が立っている。男は源城さんが絵を眺めていると近くにやってきた。

「お茶でもどうですか」

隅にあるテーブルにお茶が出された。歩きっぱなしでのどが渇いていたこともあり、近くの椅子に腰掛けるとそれを啜った。

「学生さんですか」

こう訊かれたので「浪人中の予備校生」と素直に答えた。

「そうですか。僕は二年に一度、必ずここで個展を開いているんです。次の個展で会うときは、あなたは大学生ですね」

きっと希望の大学に入学している。それが前提で話が進んだ。

源城さんが狙っているのは何処も難関大学で、正直難しいと思っている。実の所、彼自身も合格できるとは思っていない。それでも諦めきれない気持ちで予備校に通っていた。

（二年後、また絵を見に来る訳ないだろ）

受かっていればいいが、落ちていたらどんな顔をすればいいのか。二年後の話が嫌味にしか思えない。

男性の口調は優しく丁寧。絵の勉強をしている若者が作品を見に来てくれたことを、純粋に喜んでいるようだ。年下の源城さんのほうが、相手を見下すような態度だったかもしれない。本人を目の前にして酷評はしなかったが、余計なことを言ってしまった。

「途中までよくて、完成するとそれほどでもない作品がある」

はっきりと「貴方の絵がそうだ」とは言わなかったが、男性の顔色が少し変わった気がした。

帰り際に「次は案内のハガキを出したいから」と住所を書いていくように言われた。他の画廊でもそうしている。抵抗はなかった。

「また会いましょう」

男性は何度もこう繰り返した。

家に帰ると、その日集めたハガキをファイルに保存する。あの画廊で貰ったハガキもそこに収めた。

——また会いましょう。

あちこちの画廊を一日で回ったせいで、男性の名前も画廊の場所もうろ覚えだ。それでもこの約束だけは忘れられなかった。

二年後。

源城さんは大学生にはなれず、アルバイトを始めていた。

家に帰るとハガキが届いている。印刷されている絵を見て、すぐに分かった。あの男性の個展の案内だ。二年前に交わした約束は、はっきりと憶えている。

「会いに行ける訳がない」

ハガキは破いてゴミ箱に捨てた。

久しぶりにあの言葉を思い出したせいか、妙な夢を見た。

黒い人影が何か言っている。骨格や雰囲気から年配の男性だと分かった。男は何か言葉を発している。

「――また会いましょう」

こう言われて目が覚めた。それ以外の言葉はよく聞き取れなかったのか憶えていないが、あの画廊で会った男性だと思った。


更に二年後、そのまた二年後とハガキは送られてきたが、破いてゴミ箱に捨てた。

ハガキが届くと、決まって男が夢に出てくる。言っている言葉はよく聞き取れないが、何か文句を言っているようだ。最後に必ず「――また会いましょう」と告げる。

夢を見ると、それが何日か続くようになっていた。

何回目かの夢の中で、源城さんは男を突き飛ばした。力を入れた実感はないが男は簡単に倒れた。

そこで目が覚めた。

それ以降、ハガキは来なくなった。

源城さんは会社員になった。

絵とは関係のない仕事に就いていたが、それなりに充実した日々を過ごしていた。

社会に出たとき、もう絵は描かないと決めた。昔の友人達も何処で何をしているのか分からない。そうなってみて絵を描き続けるということが、思っている以上に大変なことだと気付かされた。

時折あの約束の男性のことを思い出しては、「あの人のほうが自分なんかよりずっと、素晴らしい作家だった」と思うこともある。

時間を見つけて画廊を回ってみたが、あの男性に会うことはなかった。集めていたハガキは絵をやめたときに処分している。手掛かりは残っていなかった。

その日。得意先の相手と昼食でも、という流れになった。

大通りから少し入った場所に美味しい洋食屋があると案内された。食事を終え店から出たときに、ふと気付いた。

「この辺にも画廊が多いな」

美大を目指していた頃に回っていた場所とは全く違う所だ。つい昔のことが懐かしくなり、歩きたくなる。勤務先に連絡を入れると、今日はそのまま戻っていいと言われた。そこで少し歩くことにした。

通りは細く、人も少ない。ふらふらと歩いていると声がした。

「ミカン」

ミカン——蜜柑のことかと思った。また聞こえる。

「ミカン」

時期的に蜜柑の美味しい季節でもない。声は源城さんに付きまとうように続く。

(ミカンは蜜柑じゃなくて、未完。未完成のことかな)

予備校生のときによく仲間内で「未完の〜」と作品を講評し合った。未完は彼がよく使っていた言葉だ。

自然とあの男性のことを思い出した。そこで一軒の画廊が目に入った。

看板にある絵があの人の作品と似ている。ただここは以前男性と初めて会った画廊ではない。あの人は「二年に一度、必ずここで個展を開いている」と話していた。

絶対に違うとは思ったが、中に入ってみた。

中には数枚の絵が飾られている。作風は似ていたが、対応に出てきたのは若い女性だった。

少し話をしてみて驚いた。

作者は男性で、数年前に亡くなっているという。その家族が最後にと個展を開いた。

「その人は二年に一回、個展を開いていませんでしたか?」

もしかしたらと思い、訊ねてみた。女性は「さぁ」と答えた。「知らない、分からない」といった感じでもある。

画廊を出る際にもう一度、看板の絵を眺めた。そこに書いてある作者の名前は、あの男性と同じような気がする。二年に一度個展を開いていないなら別人の展示だが、自分の中であの男性に会いに行けたと錯覚した。

それから暫くして、久しぶりにあの男性が夢に出てきた。その日の夢で男が何と言っているのか聞き取れた。

——お前がやった。

「また会いましょう」とは言われなかった。

美術館の男

高山君は最近、友人に女性を紹介してもらった。

女性の名前は田尻さんという。

現在はフットサルにハマッている行動派の高山君と違って、その田尻さんはどちらかと言うと文系向きの物静かな大人しい性格の女性だった。

最初に田尻さんの趣味が主に本屋と美術館巡りだと聞いて、高山君は自分と共通する部分がないと悩んだ。

しかし、控えめで奥ゆかしさを持つ田尻さん自身にはとても惹かれていた。

そこでまずは高山君自身が田尻さんに合わせていくことにした。

二度目の食事デートを経て、次は車で何処かに遊びに行こうということになった。

高山君が田尻さんに何処か行きたい場所はないかと訊くと、彼女は遠慮しがちにある美術館の名前を言った。

それは東京郊外にある小さな美術館、車で一時間も掛からずに行くことができる。

「美術館って案外いろんな所にあるものだなぁ。いいよ、俺もちょっとは教養って物を身に付けないと」

高山君はわざとらしく大声で笑った。

その様子を見て田尻さんはホッとし、同じくクスクスと笑った。

「田尻さん、可愛いな～」

正直なところ高山君は美術館デートは不安だったが、今は田尻さんと一緒にいられるのが楽しくて仕方がなかった。


数日後の祝日、二人は田尻さんご希望の美術館にやってきた。

何でも今の期間、学校の教科書にはほぼ載らないマイナーな画家達の作品を選んで展示してあるのだという。

ただ高山君にはマイナーだろうがメジャーだろうがどちらでもよかった。

彼は絵画を含む美術品に全く興味がない。そのため入館して十分も経たないうちから、あくびを我慢するのが大変だった。

反面、田尻さんは一つ一つの作品を食い入るように鑑賞していた。

「田尻さん、本当に絵が好きなんだな」

好きな物に夢中になっている田尻さんの姿に、高山君はますます好感を持った。

「この絵、学生時代にある雑誌で見たのですが、それ以来一目ぼれしちゃって。ずっと本物をゆっくり鑑賞したかったんです。イタリアのとある画家が百年以上前に描いた作品なんですよ」

田尻さんがより熱心に見ているのは一枚の風景画だった。

結構大きなキャンバスの手前には花畑の広がる斜面、奥には暗い森があり、その間には木造の建物が描かれている。

緻密に描かれてはいるが、高山君には特別見どころのある絵には見えなかった
「そうなんだ〜」

田尻さんの価値観が分かからない高山君はそう答えるしかなかった。

「昨日、仕事が忙しかったのでしょう？　お疲れのようでしたらそこのベンチで少しお休みになられたらいかがですか」

田尻さんは高山君の考えを読んでくれたらしく、笑顔でそう言ってくれた。

「ああ、悪いね。ちょっと俺には難しいみたいだ、こういう所」

しかし高山君が昨晩、遅くまで残業をしていたのは事実だった。

車に乗っている間、何げなくそれを話したのを田尻さんは憶えてくれていたのだ。

高山君は絵から少し離れた場所にあるベンチに座って一息ついた。

田尻さんは相変わらず、あの風景画に見入っている。

そのとき、高山君は昨晩家に帰った後、後輩から仕事内容についてメールで質問の受けていたのを思い出した。

スマホを取り出し、改めてメール内容を確かめると質問への答えを後輩に送信した。

高山君がスマホから顔を上げて田尻さんのほうを見ると、彼女はいつの間にか見知らぬ若い男と話をしている。

メールに集中していたとしても、狭い美術館だから誰かが二人に近付いてきたら絶対に気が付くはずだった。

男性は白人だが、田尻さんの知り合いなのだろうか？

近くに座る高山君を蚊帳の外にして楽しそうに談笑する二人を見ているうちに、彼は軽い嫉妬をと怒りを覚えた。

高山君は立ち上がる前に白人男性をよく観察した。

黒に近い灰色のスーツにネクタイ、ポケットには白いハンカチを携え高そうな革靴を履いている。

髪の毛をしっかりとポマードでかためて、きれいに切りそろえた口ひげを蓄えている。

欧米人の正装スタイルとしておかしくなさそうだが、高山君は違和感を覚えた。

高山君は服飾の文化や歴史について詳しい訳ではないが、田尻さんと話している白人の身に着けている服装が、現代社会においてはややレトロに感じられたのだ。

「前にオヤジが観ていた、太平洋戦争よりももっと以前に作られた欧米映画の登場人物に雰囲気が似ているんだよな」

その古い映画の登場人物の服装が、目の前で田尻さんと話している白人男性の着ている物と、とても雰囲気が似ていたらしい。

更に二人の会話内容だが日本語ではなかった。

高山君は多少英会話ができたが、二人の話している外国語は明らかに英語とは違った発音なので内容までは分からない。

高山君が立ち上がると同時に白人男性がこちらを見た。

白人男性は、目を細めて高山君に微笑むとパッと消えてしまった。

そして田尻さんは白人男性と話す前と同じように風景画を鑑賞していた。

「あれ？」

一瞬のうちに何が起きたか把握しきれなかった高山君は呆然とした。

「どうかしましたか？」

高山君のそんな様子に気が付いた田尻さんは首を傾げながら彼を見た。

「いや、今さ、田尻さんが男の人と話していたような。白人の……」

高山君の田尻さんに先程見た光景をありのまま話した。

田尻さんはそれを聞いて最初は驚いていたが、高山君があまりにも真剣なのが却っておかしかったのか、そのうち笑い出してしまった。

「外国人の描いた絵を見ていたからって、変な冗談やめて下さいよ。それに私、英語の読み書きは少しできますけど、外国語の会話なんてとてもとても。昨晩の残業で疲れて居眠りしちゃった間に夢でも見たのでは？」

「やっぱりそう思う？　ごめん、オレ寝ぼけていたよ」

高山君は恥ずかしそうにスマホをしまいながら、薄ら笑いを浮かべた。

しかし、彼は心の中で断じて居眠りなどしていないし、田尻さんと白人男性が話している光景を幻などではなくはっきり見たと強く確信していた。

その場を離れるとき、高山君は風景画の下に表示された解説文をチラリと読んだ。

「ごめんなさいね、疲れているところに興味のない美術館に付き合ってもらって」

美術館から出ると田尻さんが申し訳なさそうに言った。

「俺のほうこそ居眠りなんてしてごめん。それよりちょっと調べてほしいことが」

高山君は思うところあって、田尻さんの見ていた風景画の作者の顔が見たかった。

そこで田尻さんに作者の写真、或いは自画像などスマホで検索してもらった。

写真はなかったが、自画像が存在していてそれを見ることができた。

高山君は田尻さんと話していた白人は絵の作者なのでは？　と推理したのだ。

しかし、自画像を見たところ微妙だった。

髪形や髭の形等は似ているが、先程の白人男性と作者が同一人物と断定できるほど自画像のほうは緻密に描かれてはいなかった。

「あの絵に興味を持たれたのですか？」

助手席に乗った田尻さんが少し期待しながら聞いてきた。

「興味って程ではないけど、田尻さんがあんなに大好きな絵を描いた男の顔が見てみたかったんだ。それだけさ」

高山君はエンジンを掛けて美術館の駐車場から車を出した。

「今度は高山さんの行きたいところに連れていってくれませんか。私も何処にでも行きますよ、スポーツ系は苦手ですが……」

車で走っている間に田尻さんが気を遣ってそう言ってくれたので、高山君は嬉しかった。

「だんだん、本格的に彼氏彼女になってきたね、俺達……!?」

ちょっと照れながら田尻さんのほうを向いた高山君は、危うく急ブレーキを踏みそうになってしまった。

こちらを向いた田尻さんの顔が美術館にいた白人男性の顔になっていた。

笑顔の白人は、「○×△◇」と理解できない言葉で高山君に言った。

そして顔はすぐに怪訝《けげん》そうにこちらを見つめる田尻さんのものに戻った。

「やっぱり幻なんかじゃない！」

高山君はハンドルから片手を離すと激しく波打つ心臓を軽く撫でた。


その後も高山君と田尻さんは順調に付き合っているという。

美術館や車に現れた白人男性の正体は分からないままだ。

そして車内で白人男性が高山君に言った言葉の意味も。

ただ高山君は当時を思い出してみると、その言葉が悪いことを意味しているようには思えなかった。

むしろ今では、二人のこれからを祝福してくれていたのではないかと思っているらしい。

夏の掛け軸

望もうと望まざるとも、怪談は生まれる。

これは、青森県弘前市に住む実話怪談好きの友人、アキラ君の体験談である。

六、七年前の夏のこと。
アキラ君は独り自転車を漕いで、ある展示会に向かっていた。

お目当ては〈掛け軸〉。

毎夏、展示されているのは知っていたが、何となく行きそびれていた。

今回、こうやって向かうことになったのは、アキラ君の怖いもの好きをよく知る当時の彼女が切っ掛けだった。

「あの〈掛け軸〉、駅のほうの建物で展示するらしいよ」

「あ？　駅のほう？　いつもの場所でねえんず？」

「何もさ。今年は違うとこでも、短期間そればし《だけ》、飾るんだどさ」

「ああ。んだんず《そうなのか》。へば《じゃあ》、一緒に行ぐべや《行こうよ》」

「ああ。あたし、まいんだね。その期間、仕事あるはんでさ」

そういう訳で、詳しい展示会場と展示期間を彼女から聞いたアキラ君は、運良くあった「この日を逃したら終わり」という休日に会場に向かっていたのである――。

この話には不明なことがある。

アキラ君はこの後、会場である体験をする訳であるが、今現在、その会場が何処にあるのか、どういった様子の会場だったかをはっきりと思い出せないのだそうだ。（ざっとした方面だけは憶えている）

会場に関してはっきり憶えているのは、「靴を脱いで建物に入ったこと」のみ。

私も過去の新聞記事を検索して、その頃にそういった展示があったのか調べてみたのだが、見つからなかった。

もっとも、靴を脱いで入る場であること、展示物が一本の〈掛け軸〉のみであることから、日本家屋、畳貼りの和室にでも展示されていたのではないかと想像できる。

何にせよ、場面は「靴を脱いで建物に入った」後に飛ぶ。

――会場に入るなり、アキラは寒さを感じた。

炎天下の自転車行でじっとりと掻いた汗が冷え悪寒を増幅させたかと思うと、次に身体から溢れ出したのは、妙な緊張感による脂汗だった。

ああ、何だここ。

胸が悪い。

暑さのせいでも、疲労のせいでもない気がする。

何だ、ここ。

せっかく〈掛け軸〉のある場所へ到着しているというのに、どうにも気怠い。

〈掛け軸〉見てないけど、帰ろうか。

帰ったほうが……。

いやいや。

せっかくここまで来て、何も見ないで帰ったら馬鹿みたいじゃないか――。

渡邊金三郎断首図。

怪談・オカルト好きなら、その名称だけでそれがどんなモノか分かるだろう。「閉じているはずの目が開き、眼球が動くところまでもがテレビで放送されたことのある生首の掛け軸」と説明すれば、本書を手に取った誰しもが分かるのではないだろうか。

そう、その夏のある日、アキラ君の目当てはその断首図だったのだ。

「元の持ち主が祟りにあった」

「本物の血を使って書かれている」

テレビの件以前からそういった曰くがあった代物である。

この掛け軸は所蔵する正伝寺か、ギャラリー森山で開かれる「ゆうれい展」でお目にするのが通常なのだが、アキラ君は全く方面が違う場所でその日見たのだという。ざっと言うなら、寺とギャラリーは山のほう、アキラ君が行った会場は駅のほうに当たる。

さて、場面は再び飛ぶ。

――うわ。

これは……。

和室の壁に掛けられた実物を目の前にして、アキラ君はいよいよ怯んだ。

何がどうということもない古い生首の掛け軸などとは、到底思えない迫力だった。

無惨。無念。生々しさ。

屋内はいよいよ寒く、生半可ではない生首の絵が目の前にある。

こんな様子では目が動いたり、祟りがあってもおかしくはない。

「こんにちは……」

背後から声を掛けられ、振り返ると初老の男が立っていた。

「いやいや。すみません。急に声を掛けてしまって。実は私もこの掛け軸がどうしても見たくって」

男は標準語でそう話した。

「ああ。そうなんですね。これね。有名ですよね」

二人は並び、生首に目を向けながら、話を続けた。

「……いやはや。何とも凄いですね」

「ええ」

「これ。アレですよね。あの」

「ええ」

「テレビで目が開いて動いたっていう。その生首ですよ――」

こくり。

「ね……」

アキラ君は、その瞬間、頭が真っ白になった。
男の問い掛けに反応したのはアキラではなく、生首。
絵の中の生首が頷いたのだ。
「……」
「……」
二人はぎょっとしたまま、押し黙る。
ああ。この人のこの顔。
絶対に頷いたところを見てる。
どうする。
動きましたよね。今、動きましたよね。
そうやって、二人で確認するべきなのか。
いや。それは良くない。
そんなことをしたら、本当に動いたことになってしまう。
もう。この人、チラチラこっち見てる。何？　おらから話せばいいのか？
動きましたよね？　今、生首が動きましたよねってか？
寒い……。

駄目だ。

このまんま黙ってても、この人から何か話してきそうだ。

もし、そうなれば。

動いてしまったことになるじゃないか。

アキラ君は、その瞬間を避けるため無言で踵を返し、建物から出た。

動くはずがない。

絵が動くはずがないんだ。

忘れたい。

あの寒さもあの絵も、あの場所も。

かくして、この怪談は生まれた。

捨て場

専門学校に通っている万智子さんは、授業でモザイクアートを作ることになった。フレスコ画とどちらかを選ぶのだが、少しでも楽なほうがいいとこちらを選んだ。

授業で作るモザイクアートは、大きさ縦横五十センチから七十センチくらいの板に、割った石を貼っていく。

使用するモザイク用の石は校舎の裏。外にある。建物と塀の間の細長いスペースに大量に放置してあった。生徒達はそこから使えそうな石を拾い、ちょうどいい大きさに割ってから使う。

毎年、授業で作ったモザイクアートは、持ち帰りたい生徒の作品を除いて破壊されるのだが、外した石は持ってきた場所へ戻すことになっていた。

石の色は白っぽいものが多い。淡い赤や緑のものも探せばあるが少ない。他に使いたい石があれば各自好きなように張り付けてもよかった。

毎年この授業になると、近くにアトリエを持つ作家が臨時講師として呼ばれた。佐藤という男でガッチリした体型をしている。授業が暑い時期ということもあり、頭にいつもタオルを巻いて作業着を着ていた。

授業が始まると、万智子さんも外へ石を探しに出た。

一人でゆっくり探したかったので、他の生徒と時間をずらしておいた。その分綺麗な石は最初に持っていかれてしまうため残り物しかない。

たくさん拾えば、運ぶのに重くなる。余った石は外に戻さなければならない。アトリエは建物二階にあり、階段の昇降を考えただけで憂鬱になった。

校舎の裏は日陰で暗く、湿気が多い。日が当たらない分、涼しいと思っていたが、蒸し暑い時期に身をかがめて石探しをしていると汗が出た。

他の生徒達はアトリエ内で石を割って作業を始めている。その音が外まで響いてきた。

万智子さんはやる気が出ず、その場に座り込み休む。足元の石を弄りながらぼんやりしていると、足で石を踏む音がした。

「もういい石は落ちてないよ」

誰かが石を拾いに来たと思った。

踏む音は校舎の裏に入ってすぐの辺りからで、彼女のいる位置まで距離がある。

そちらのほうに顔を向けてみたが、誰もいなかった。

石を拾わずに、すぐ戻ったのかもしれない。万智子さんはまた下を向き、足元の石を弄り始めた。

暫くするとまた、石を踏む音が聞こえた。先程と同じ方向からだ。見えるところには誰もいない。適当に声を掛けてみたが、返事はなかった。

先程まで響いていた、アトリエで石を割る音が止んでいる。彼女の周囲は急に静かになった。

また石を踏む音がする。今度は先程より近くから聞こえた。

(誰かがこっちに歩いてくる)

石を踏む音だけが、ゆっくりと彼女のほうにやってきた。

「アトリエに戻ろうかな」

見つけた石を用意していた袋に入れると、急いで立ち上がった。

石を踏む音はすぐ後ろから聞こえてきた。思わず振り返るが誰もいない。

そこで少し離れたところに真っ黒な石が小さな山になっているのを見つけた。石の表面に艶があり、黒く光っている。とても綺麗だ。

「まだあんな石が残ってる。欲しい」

作品に使うのとは別で、個人的に欲しくなった。急いで拾ってしまわなければと思ったところで軽く眩暈がした。

急に立ち上がったせいかもしれない。汗が一気に引いたためか、寒い。

そのとき、黒い石の山からころりと一つ何かが転がった。


「どうした?」

不意に声を掛けられた。

建物裏に入ってすぐのところに、佐藤が立っている。

(黒い石が盗られる)

何でもないと答えたが、佐藤は彼女の顔色の悪さを心配して近付いてきた。

「暑いし、一度室内に戻って休め」

「でも早く石を集めないと、使えそうないいものは他の人に全部持っていかれてしまうし」

あの黒い石をどうやって全部運ぼうか。そんなことを考えながらチラリと石のあるほうを見た。

そこに黒い石はなかった。

「あれっ……」

万智子さんは納得できないという表情をした。

「校舎の裏に放置して管理しているような石なんて、そんなにいい物じゃないだろ。早い者勝ちかもしれないが、所詮は皆が要らないと捨てたものの集まりだ」

佐藤がこう言い放った。

殆どの作品は最後に壊される。石はまた次の年に使えるからと、校舎の裏に戻される。それが何年も繰り返される。そこに生徒が外から持ち込んで使った石も混ざる。それが何処から持ってきたものかは、捨てた本人にしか分からない。

「校舎の裏で一日中全く日が当たらず、その上湿気の多い場所なのに虫一匹いないのは逆に気味が悪くないか」

佐藤が漏らした。

そういえば蚊の一匹も飛んでいない。

こんなところに捨てられた石の中で、それだけ目立つ石が最後まで残っているのには何か理由があるのではないか。万智子さんは気味悪くなった。

それから佐藤は彼女のことをとても気に入ったようで「一度アトリエに遊びにおいで」と、何度も誘った。

彼女の自宅から佐藤のアトリエまでは自転車で十分程と近い。ただいつも使っている駅と逆方向になるため、足を運んだことのない場所だ。アトリエまでは大きな通りと線路を越えなければならない。生徒達の間では「治安の良くない地域」として知られていた。

（――行きたくない）

校舎裏で佐藤と話をした際に、気になった言葉がある。

ニヤニヤと彼女を眺めながらの独り言だが、はっきりと聞こえた。

――何故か毎年、みんな、うまいこと避けるんだよな。

窯寄せ

朋子さんは東北地方出身だ。高校卒業後、調理師専門学校へ進学するため上京した。実家は小さな小料理店を経営している。将来的に彼女がその店を継ぐための勉強だ。学校は都心から離れたところにあり、一年間のカリキュラムの中で日本料理を徹底的に学ぶ。学校から二駅離れた場所にあるアパートの部屋を借りて、一人暮らしを始めた。

授業が終わると、バイト先に向かう。そこは学校から歩いて数分のスーパーだ。彼女はそこで商品補充のアルバイトをしている。

バイト仲間には同じ学校の生徒も複数おり、友達もできた。その仲間の一人に絵美がいた。

彼女は朋子さんと同じ日本料理科の生徒だ。

絵美は整った顔立ちをしており、腰回りも細い。身長が高く、モデルのような佇まいをしていた。校内でも目立つ存在で、彼女が好きになる異性は向こうから振り向いた。

気取ったところはなく個性的な発言が多いが、着ている服のセンスがいい。話が面白いと同性の友人も多かった。どちらかと言えば太っている朋子さんは羨ましく感じた。

絵美はもともと父親と二人暮らしだったが、通学のために家を出て部屋を借りたという。母親がいない理由は聞いていない。実家は横浜のほうだ。

卒業後、絵美は関西方面にある老舗の日本料理店へ就職した。当時は就職難でその店には彼女だけが受かった。ただそれも希望の料理人としてではなく、仲居としてだ。

朋子さんは就職に失敗。まだ実家に戻るつもりはなく、駅地下に入っている和食の店でアルバイトをすることにした。

卒業後すぐに絵美は引っ越していったが、朋子さんとの仲は電話で続いた。

絵美から「仕事を辞めるかもしれない」と連絡があった。まだ卒業から一年も経っていない。

「陶芸の道に進むことにした」

昔から何を言い出すか分からないところはあったが、流石にこれは驚いた。

以前から芸術関係に興味があったらしい。彼女のことを可愛がってくれていた上司がそれを知り、陶芸の先生を紹介してやろうという話になった。

先生の工房は中部地方にあり、行くのであれば仕事は辞めなければならない。

どうしても陶芸がやりたいということではなかったが、絵美はチャンスだと思った。

この就職難の時代に仕事を辞めて次の保証はない。そんなときにあっさり老舗の店を辞められる絵美が凄いと思った。それと同時に妬みが湧いた。

(そんなに何でもうまくいくはずがない)

口先で応援しながらも、心の中で「少しくらい辛い思いもすればいい」と思った。

その後、絵美は本当に仕事を辞めた。


工房は駅から離れた場所にあり、敷地もそれなりの広さがあった。絵美はその近くに建つ古いアパートに部屋を借りて住むことにした。

先生はかなり大きな窯を所有しており、絵美の話を聞く限りは所謂「登り窯」ではないかと思われる。工房には彼女以外にも大勢の人間が出入りしていた。

弟子入りして間もない彼女は、簡単な雑用と犬の散歩などを任された。

人間関係は良好だった。先輩の女性と親しくなり、何処のスーパーが安くていいかなど生活に便利な情報をあれこれと教えてもらった。

「先生から許可が出るまで、用もないのに窯のほうには近寄らないほうがいい」

これは安全面を考慮してのことと思った。

すぐに窯の使用許可くらいは出ると思っていたが、暫く経っても雑用係から抜け出せない。そもそも陶芸がやりたいと強く望んでいた訳ではなかったこともあり、ここでの生活に迷い始めた。

そんなとき、犬の散歩から戻ると何となく窯のほうに向かった。

この日、窯は使われていない。

建物の陰から窯のほうを見たとき、一番親しくしていた女性の先輩が窯のほうへ歩いていくのが見えた。

声を掛けようとしたところで見失う。消えたように、すっといなくなった。

隠れるような場所はない。

「まさか窯の中へ入ったりはしてないよね」

見間違いかと思った。

その日の仕事が終わってから、窯の近くで先輩を見かけたと声を掛けた。

「その時間は行ってないけど、本当に私だった？」

先輩の顔色が少し曇った。

後日。その先輩が急に工房を辞めた。

それ以来、皆から何となく避けられているような気がする。絵美さんは孤立したと思った。

寂しさから朋子さんとの電話の回数が増え、愚痴が増えた。

（それでも好きなことをしているのだから、いいじゃないか）

アルバイト生活の朋子さんからすれば、贅沢な悩みだ。

話を逸らそうと「焼き物作りはどうなのか」と素人ながらに訊いた。朋子さんは本格的な窯を見たことがなく、少し興味があった。

絵美から返ってくるのは「大きな窯」という大雑把な答えばかりで面白くない。彼女は作業に関する詳細もあまり話してくれない。そして時折、妙なことも呟いた。

「窯はうるさい」

絵美は気のせいかもしれないと何度も繰り返した後、「先輩が辞めてから、窯のほうから声のようなものがする」と話した。

最初は強い風で木の葉が激しく揺れるような音だった。

工房は緑の多い場所にある。そんな音は何処でも聞こえる。それが風のない日でも聞こえると気付いた。

「何の音だろう」

音は窯のあるほうからする。

それが徐々に人の声に変わった。

聞きなれない方言のようで、何を言っているのか理解できない。何かの呪文のようにも聞こえる。

周囲が無人のときに限って聞こえた。

窯の中に誰かいて作業しているのかと思ったが、人の出入りは関係ない。

その声に笑いが混じることがある。自分のことを馬鹿にされ、笑われているようにも感じた。

工房の人間にこの話をしたが、相手にされなかった。それどころか彼女がおかしいような言い方をされた。


「一度こっちに遊びに来ない？」

彼女は朋子さんを何度も誘った。

朋子さんに遠出する金銭的余裕はない。アルバイトで疲れているところに、絵美から答えのない気味の悪い話を聞かされることにもうんざりしていた。

それでも電話が掛かってくれば出たし、話にも付き合ってあげた。

適当な相槌を打つことが、作業のようになった。

「窯に人が入っていくのを見た」

その日の電話で、絵美はまたおかしなことを口走った。

以前の勤務先の上司だから見間違うはずはない。声を掛けたのかと問うと、その前に消えたと絵美は言った。

(大きな窯なら人も入れるかもしれない)

朋子さんはその窯を見たことがないのだから、そういうこともあるのかもしれないと思うだけだ。

絵美が以前の勤務先に連絡を入れてみようとした時期に、店は廃業した。後々、朋子さんや料理関係者に情報が出回るような形で、閉店理由もあまりいい話ではなかった。

それからは絵美と電話で話していると、相手の声が聞き取り難いことが増えた。何かの音が混ざる。

絵美とは別の低い声だ。

そのうち、声は受話器からではなく朋子さんの背後から聞こえてくるようになり、寝るときも家の明かりが消せなくなった。

絵美と話さなければこうはならない。それでも「もう掛けてくるな」とは言えない。

居留守を使ったこともあるが、留守番電話にメッセージが残される。それを再生する気になれない。

何度掛かってきても朋子さんが出ないので、そのうち絵美のほうも掛けてこなくなった。

それから随分経った頃。朋子さんは引っ越すことになった。

絵美からの連絡はない。

時間が経っていたこともあり、ハガキくらいならと引っ越しの案内を出してみたが返信はなかった。

もう二度と関わることもないだろうと思っていたある日。引っ越し後のこと。

新居の電話が鳴った。休日出勤の振り替えでいつもは家にいない時間に在宅していたので、何も考えずに受話器を取る。

相手は絵美だった。

「よかった。引っ越しのハガキが来てたから懐かしくなって」

絵美も陶芸の勉強はやめて部屋を引き払うことにした。その部屋で過ごす最後の日に、朋子さんからのハガキが届いたという。

(一日でも早く引っ越していたら、このハガキは受け取れなかった)

絵美にはこれが奇跡のように思え、連絡せずにはいられなくなった。

早速ハガキに書かれた番号に電話を掛けた。わざと平日の昼間を選んだ。仕事中の朋子さんは不在。留守電に切り替わっても何もメッセージは入れない。電話機は履歴の確認できないタイプのものだ。これでは絵美が連絡してきたことに、永遠に気付かない可能性もある。

この行動も理解できなかったが、興奮気味に話す絵美の様子がおかしかった。一人で盛り上がり、一方的に話をしてくる。

「何故窯がうるさいのか分かった」

また窯の話かと思った。

絵美がどうやって答えに辿り着いたかは不明だが、嬉しそうだ。

「明かりに虫を集めて殺すやつ。あれみたいな感じ」

——集まったときに声を出すの。

殺虫灯のことを言っていると思う。殺すという響きに嫌なものを感じた。

絵美は現在実家に戻っているようだ。彼女のほうから会いたいと誘われたが、仕事を理由に断った。

「最初の仕事を辞めてまで始めた陶芸の仕事だったけど、絵美は作品作りはできたのかな」

色々電話で話していた割には、肝心の話を聞かなかった気がする。
朋子さんはその後、地元に戻り店を継いだ。

他人任せ

浜崎家は築五十年の古い家で暮らしている。

何処にでもあるような木造二階建ての家だ。

奥の部屋の床の間に、大きな壷が飾られている。

色も形も見事なもので、美術品としての価値は十分ありそうな壷だ。

床の間に壷ぐらいなら別段変わったものでもないのだが、浜崎家のそれは置き方が異様であった。

床の間の全面が、目の細かい金網で閉ざされており、入れないようになっているのだ。

金網だけではなく、壷自体も慎重に固定されてある。

多少の地震では動かないよう、幾重にも縄が掛けられている。

いつ頃から続いているのか、誰も知らない。祖父が幼い頃には、既にこのような状態だったらしい。

当然、掃除などできない。壷本体も床の間も埃だらけだ。

ただ、部屋そのものに立ち入らないため、それほど気にはならない。

来客があったときも、他の部屋を使う。徹底して、この部屋を避ける。

そこまでしなければならない理由があった。

言い伝えによると、この壷を動かした者に大きな不幸が訪れるのだという。

ほんの僅かな移動も許されない。

加えて、近くに誰かいれば、その者も同じ目に遭う。

言い伝えが本当かどうか、少し動かしてみれば分かることだが、誰も試そうとはしなかった。

訪れる不幸があまりにも悲惨すぎたのである。

不幸は、小さな怪我をするところから始まる。怪我というのもおこがましい程の傷だ。

だが、その傷がなかなか治らない。

徐々に悪化し、膿んでいく。全身が膿み爛《ただ》れ、内臓が腐っていく。

それでも死ねない。苦しんで苦しんで、苦しみ抜いて漸く死ねる。

そんなことを聞かされて育ったら、試してみようとは思わないのが当然である。

厳重な警戒態勢も無理はなかった。

変化が生じたのは、つい最近のことである。

浜崎家の近隣にマンションが建ち始めたのだ。隣近所でも、土地を売って町を離れる者が続出した。

不動産会社は、とうとう浜崎家にもやってきた。新しい建築計画では、浜崎家の土地が中心らしく、驚くほどの金額を提示してくる。

先祖代々受け継いできた土地だが、正直なところ全く未練はない。家族全員が、新しい土地と家で暮らしたい気持ちで一杯だ。

そうしたいのは山々だが、問題は壺である。これだけは守らねばならない。

恐ろしい目に遭うのは、何としても避けたい。

何度も家族会議を繰り返し、浜崎家は結論を出した。

土地を売る。全員一致であった。

悩むことはない。我々が壺を動かす必要はない。全て不動産会社に任せれば良いだけではないか。

そうすれば、その場にいなくても済む。企業として利益を求めるのなら、多少の犠牲は仕方ない。

人の心があれば考えつかない結論だが、会社から提示された金額は、浜崎家の正気を粉砕してしまったのである。

古い家具や電化製品も廃棄する予定だから、家ごと潰してほしい。

そう伝えると、会社の担当者は手間が省けて助かると喜んだ。

善は急げとばかりに、浜崎家は思い出に纏わる物だけ持ち出し、新しい土地へ旅立った。

それから後、どうなったかは分からない。家族の間で、話題に上ったことすらなかった。

二週間後、不動産会社の担当者から電話が入った。訊ねたいことがあるという。

担当者はこう言った。

「実の所、まだ浜崎さんの御自宅はそのままなんですよ。ちょっとしたアクシデントがありましてね」

黙り込む浜崎さんに向かい、担当者は言葉を続けた。

「三人やられました。三人とも内臓が腐ってたとか。ねえ浜崎さん。あなた、何か隠してませんか」

天井影絵

道代さんの息子さんが体験されたエピソードとして、『「極」怖い話 罠』にこんな話を書いたことがある。

「天井に黒い影が張り付いていて――」

彼は、怪異の類が黒い靄状の影として見える性質《たち》であったそうで、とにかく一足飛びに〈ああ、これはいつものアレだ〉と合点した。

『罠』では主にこうした怪異の見え方について纏めていたので、ついサラッと書き流して終わってしまったのだが、十年を経て改めて当時のメモを整理してみると、天井に黒い影が張り付いているだけのお話ではなかったことが浮かび上がってきた。

故に、十年振りにそのアウトラインをもう少し洗い直してみた。

その年の正月のこと。

年始からの仕事が決まっていた道代さんは、年末年始の一週間、息子さんを御実家に預けることになった。

道代さんのお父さんは既に亡く、一人暮らしをしていたお母さんは孫と過ごす正月を大層喜び、息子さんは歓待されるのが祖母孝行——ということで、祖母の家で元旦を迎えた。

両親と離れて過ごす正月に、寂しさが全くなかった……ということはないけれども、そこは男の子なので寂しい怖いが口を衝いて出ることは特になかった。

この家には祖母と孫しかいなかったが、「ばあちゃんと一緒に寝る歳でもなかろうから」と、祖母は孫のために客間に布団を敷いてくれた。


その晩、床に就いたのは決して遅い時間ではなかった。

特にすることがないせいか、いつもより早めに布団に入ったくらいだ。早めに寝床に入ったからということではなかったのだろうが、どういう訳か真夜中に目が覚めた。

天井を見上げると、真っ黒い大きな影が張り付いている。

こうした〈何か〉に遭遇するのは、彼にとってこれが初めてではなかった。

不可解なもの、妖しいもの、所謂〈怪異〉の類と断じて良さそうなものには幾度か遭遇していたが、大抵はこうした影のような態で現れることが多かった。

故に、〈ああ、またか〉という所感が真っ先に浮かんだ。

而《しか》して影の主は一体、と窺ってみる。

光源らしい光源はない。

身体を捻って影の根元を確かめようとしたところ、それは壁面に繋がっていた。

天井に張り付く影は、壁の辺りから長く伸びているようだった。

そこには絵画が二枚あった。

彼の祖父——つまり、道代さんの父が生前に描いたものである。

額装された二枚の絵。

その二枚の絵を跨《また》ぐように——いや、むしろ絵から生え出てきた影絵のように、影は黒々と伸びていた。

その姿は猫に見えた。

猫の額から上、とがった耳と狭い額を額縁から突き出して、こちらを覗いている。

そんな風に見えたのだという。

あともう少し猫が伸び上がったら、天井の影が少しでも動いたら猫の額から下が額縁の外にはみ出てきそうだった。

それはあまりに異様だったが、ぴくりとも動かなかった。天井に張り付いているというより、縫い止められているかのようにも思えた。

気味が悪いことに変わりはないが、動く気配がないならないで、まあいいかと布団を被って目を閉じた。

目覚めたら朝、清々しい新年……ということもなく、暫くして目覚めるとまだ辺りは夜の闇に包まれたままだった。

恐る恐る、先程の猫の影を確かめた。

が、猫の姿はなかった。

代わりに男の影に変わっていた。

ゆったりした衣服に、裾の開いたズボンのようなものを穿いた男である。

彼は〈スカートみたいなズボンだ〉と思った。

そしてちょうど、腰の辺りには棒のようなものを生やしている。

やや反りの入った棒の影は、男の腰から伸びているのだが、やはり壁際に飾られた祖父の絵と繋がっている。

年が明けて、元旦の晩。

息子さんは客間で三度目が覚めた。

薄目を開けて天井を見上げると、昨夜に引き続き棒を生やした男、の影である。

やはり祖父の絵から生えている。

が、昨夜とは若干様子が異なる。

向かって左側の足の様子が違って見えた。

ちょうど、膝上辺りで〈スカートみたいなズボン〉の裾がぶっつり切れたように短くなっている。切れたというよりまくれ上がった、と言うほうがより正しかろう。

その短くなった裾から、むくつけき男の足が伸びている。

そこで彼は気付いた。

これ、スカートみたいなズボンじゃなくて、袴だ。

あの妙にゆったりした上半身の衣服は着物だ。

ということは、腰から伸びた棒は……刀だ。

つまるところ、影の主はお侍さん。


二晩連続、三回の天井影絵であるのだが、客間は暗かった。光源はなかった。だのに、天井にくっきりと、具体的にそれが何であるのか分かるくらいにくっきりと、影が見えた。

何故祖父の絵から猫と侍が生えてきていたのか、何を伝えたかったのか因果の類は不明であるのだが、天井影絵に四回目はなかった、とのこと。

凋落

「始まりは叔母の家に行ってからですね」

岡江さんがその家を訪れたのは、仕事終わりのついでであったため、二十二時を過ぎていた。

玄関に隠されていた合い鍵を使い、家の中に入る。

記憶を頼りに照明を点けると、生活感のなくなった室内が浮かび上がった。

子供のいなかった叔母の葬儀は親族が行い、財産分与という名目で親族が目ぼしい物を粗方持ち帰ってしまっていた。

趣味で美術品を集めていた叔父は数年前に他界していた。

一人寂しく暮らしていたはずの叔母の家は空き巣にでも入られたようにガランとしていた。

「ったく、何でこんなことを……」

正直、岡江さんの良心は痛んでいた。

彼の両親は遠方に住んでいるため、ある種の火事場泥棒のような役回りを押し付けられたのであった。

「つーか、本当に何も残ってないじゃん」

子供の頃の記憶では、この家には所狭しと物が陳列されていた。

古めかしい小物は専用のガラスケースに収められ、幾つあるのか分からない壷はあちこちの棚の上に置かれ、価値の不明な絵画は全ての部屋に二、三枚は飾られていた。

(何も残ってませんでした、ってメールでいいよな)

そう思いながら寝室のドアを開ける。

彼の眼前には、一枚の絵が残されていた。

その絵の下方三分の二は、油絵のようなタッチで、赤、緑、黄、茶が筆でペタペタと押し付けられたような出来栄えであった。

上方は水色に薄い白が線を描くように所々走っている。

(これ……山の風景画……?)

作者のサインもU、Kと残されているが、知識など持ち合わせていない岡江さんには誰なのかもさっぱり分からない。

結局、家中を探し回っても、残されていた物はこの絵一枚だけであった。

両親には「絵が一枚しか残ってなかったわ」とメールを入れ、車に積み込む。

生前の叔父は給与、ボーナス、退職金の殆どを美術品収集につぎ込んでいたという。

それなりの価値のある物が多かったと聞くが、この絵の魅力や価値は岡江さんにはピンとこない。

（まあ、我先にってハイエナが押し寄せたんだから、そういうことなんだろう）

車を走らせながら、岡江さんは考え事をしていた。

……どうしてこの絵だけが残されていたのだろう。

岡江家の分として？

しかし親族は、取り決めや公平な分与条件などは一切行っていない。

早い物勝ちで奪い合っているとの父からの連絡で、岡江さんが駆け付けた次第だ。

根こそぎ持ち帰りそうなものを、残すものかねぇ？

そんなことを考えているうちに、叔父叔母が不憫に思えてきた。

一所懸命に働いたお金を趣味に費やした叔父。

それに何一つ文句も言わず、尽くした叔母。

その二人の生きた証が、ただ金目の物という扱いでしか見られていない現状。

「ったく、酷い話だよ……」
眼前の信号が変わり、車を停止させる。
その信号は手押し式信号であるが、横断者の姿は見えない。
何げなく車の時計に目をやると、零時を回っていた。
(すっかり遅くなったな。とっとと帰って寝ないと)
既に走行車の数もまばらになっている時間帯。
岡江さんはアクセルを踏み込み、家路を急ぐ。

それから五分もしないうちにまた信号に捕まった。
やはり手押し式信号である。
今度も横断者の姿は見えず、付近を歩いている人の姿も見えない。
何となく違和感を覚えつつも信号が変わり、再び車を走らせる。
そして次の手押し式信号で、表示は三度、赤に変わった。
多少の苛つきを覚え、周囲に歩行者の姿を探す――。
――いた。
歩道に座っているおじいさんが一人。

椅子か何かに座っているように腰を下ろした姿で微動だにしない。

顔はまっすぐ前を見据えて、横断歩道を渡る気配がない。

(何だよ、このジジイ)

そして岡江さんは違和感に気付く。

老人が腰を下ろしている物の正体が掴めない。

確かに周囲は暗い。

しかし、老人の姿ははっきりと見えている。

まるで空気椅子に座っているような姿勢がどうしても納得いかず、その空間に目を凝らすと、突然老人の姿は掻き消えた。

(へっ?)

恐らく数秒ほど、思考が停止していたであろう。

信号も青に変わっていることに気付き、車を走らせる。

(気の所為、気の所為、見間違いだって。疲れているんだって)

そう自分に言い聞かせながら、自宅に到着した。

車から絵を降ろし、リビングの壁に立てかけておく。

岡江さんは缶ビールを一本空けると、布団に潜り込んだ。

明日も仕事だ、と寝ようとするが、どうしても脳裏に先程の老人が蘇る。
暫くは寝付けないでいたが、いつの間にか眠っていたらしい。

多少寝坊し、バタバタと会社に向かう。
その日は何故か取引先でのトラブルが多発し、対処のために市内を駆け回っていた。
あまりの忙しさに、昨夜の老人のことはすっかり頭から消えていた。
大量の報告書を纏め上げ、家に着いたときには二十三時を過ぎていた。
(疲れたぁ……)
缶ビールを飲みながら、コンビニ弁当を貪る。
叔母の家から持ち帰った絵が視界にチラチラ入る。
そういえば、昨日メールを送ったが、両親からは何の返事もない。
元々、便りがないのは元気な証拠が岡江家のルール。
実家との連絡も年に数度あるかないか。
帰省など、ここ何年もしていない。
(全く、絵を持ってきたらそれでいいってか……。便利屋かよ)
毒づきながら、ビールを飲み干した。

床に就き、一時間ほど眠っていただろうか。

岡江さんは夢を見ていた。

自分は何処かの高台、小さな展望台にいる。

周囲を囲むような古びた木枠手すりと、全方位に見渡せる木々がそう思わせた。

季節は初秋だろうか。紅葉の始まりかけのように、葉に濃淡の違いのある茶色が混じり始めている。

(ここは見覚えがあるような……)

幼少からの記憶を辿るが、思い当たる節はない。

(でも……)

その瞬間、背後に猛烈な気配を感じて振り向いた。

椅子に座った老人がこちらを見ている。

驚く間もなく、老人は椅子ごとベルトコンベアーに乗ってるかのように彼に滑り寄ってきた。

「うぁあああ!!」

悲鳴を上げて、岡江さんは目を覚ました。

説明の付けられない、全身が拒絶するような恐怖。

身体が震えているのを何とか止めようと、自分で自分を強く抱きしめた。

(あの絵……あそこだ。間違いないって)

荒いタッチであるため、夢で見た景色と同じだとは言い難い。

ただ彼の本能がそう訴えている。

そうなると、例の老人も錯覚などとは思えなくなっていた。

何かしらの関連はあるのだろう。

嫌な予感はどんどんと膨れ上がっていく。

彼の中では、叔母の家から持ち帰った絵は不吉な物でしかない。

(やばいっ!!)

恐怖から逃れたいという想いが勝ったのだろう、身体の震えは止まり、リビングへと足を踏み込む。

——そして動けなくなった。

あるべきはずの場所に、あの絵が存在しない。

一メートル大の物を見落とす訳もない。

必死に状況を把握しようと頭を動かそうとするが、意味不明な単語が頭の中を駆け回り、何も考えが纏まらなかった。

二、三十分も立ち尽くしていただろうか。
『叔母の家には何もなかった。老人などただの気の所為である。夢は単なる夢だし、内容はもう忘れた』

その答えを導き出すと冷蔵庫から酒を取り出し、しこたま痛飲した。


翌朝、軽い頭痛で目覚める。

どうやら二日酔いと思われたが、身支度を調え、会社へ向かった。

その日は何もかもを忘れるように仕事に没頭し、定時には帰宅ができた。

リビングに続くドアを開けた瞬間、岡江さんの足は止まる――。

目の前の壁に、〈あの絵〉が飾られていた。

駆け寄り確認するが、絵は実在する。

罅《ひび》割れが目立つ程に長く錆びた釘が壁に打ち付けられ、それを土台にするように絵は乗せられていた。

（駄目だ、駄目だ、これは駄目だ……）

彼の本能が騒ぎ立てる。

そのまま絵を取り外すと車に詰め込み、まっすぐに叔母の家へと向かった。

普段なら気にならない軽度の渋滞が、彼を苛つかせる。

本当なら車中という一緒の空間に、一秒でも長くいたくない。

クラクションを鳴らしつつ、過度な車線変更を繰り返し、漸く叔母の家へ辿り着いた。

早速上がり込むと、元の場所へ戻しておく。

(叔父さん、叔母さんごめんなさい。助けて下さい。お返しします。許して下さい。言われた通りにしただけなので、ごめんなさい)

思わず手を合わせて、心からの謝罪を絵に手向けた。

その後は逃げるように叔母の家を後にする。

自宅まで十分足らずのところまで来たとき、急に両親のことが気に掛かった。

電話を掛けてみるが、一向に出る気配がない。

(まさか……)

進路変更をし、実家を目指す。

二時間半以上掛けて、漸く実家に辿り着いた。

両親を呼びながら家に上がり込む。

玄関、リビングには不在。

寝室のドアを開けた瞬間、岡江さんの思考は止まる。

——普段着のまま、倒れている両親の姿がそこにはあった。

呼び掛け、身体を揺さぶるも、既に事切れているのが分かった。

動揺したままの岡江さんはそれでも救急車を呼び、今か今かと待ち侘びる。

（どうしたらいい？　人工呼吸？　温める？　あ、心臓マッサージってやつか？）

……そこからの記憶は途切れ途切れになる。

必死に蘇生方法を試していたような気がする。

救急隊員が駆け付けたとき、救われたような安心感に包まれた気がする。

隊員が状況を確認しているとき、その背後の壁が視界に入った。

あの絵が存在していた。

「んひぃあぁぁあ！」

恐怖のあまり、思わずその場から飛び退く。

「どうしました？　大丈夫ですか？」

心配してくれた隊員の背後で、ゆっくりと掻き消えるようにあの絵は姿をなくしていった。

「まあ、その後は大変でした。警察も来る羽目になるし……」

両親の死因は心筋梗塞と診断された。

死亡推定時刻は恐らく、岡江さんが叔母の家に遺品を捜しに行ったときと思われる。

普通ならばまず体験する機会がなさそうな両親二人同時の葬儀を執り行い、関係各所の手続きなどで疲弊した。

「何でしょうねぇ……何をしたいのかが全く分からないんですがねぇ……何かしたいんですよぉ」

先程まで普通に話していた岡江さんの口調が突然変わる。

表情も薄ら笑いを含んだものになり、上目遣いでこちらを見るようになった。

「でねぇ……気になるでしょう？　その絵。何故かうちにあるんですよぉ。あの老人も一緒にいるんですよぉ。だから、これから見てみませんかぁ？」

断りきれず、岡江さんの家に向かうことになった。

それほど広くない八畳ほどのリビングに、確かに絵は飾られていた。

話の通りの構図で、油絵と思われる。

額縁は時代を感じる木製のもので、シルキーメタリックのような塗料は所々剥げ落ちていた。

気になったのはその絵を支えている固定金具の役割の物。

結構な太さの釘だが完全に錆びており、松ぼっくりのように罅割れている。

果たしてこんな釘を壁面にどうやって打ち込んだのだろう、という疑問も湧いたが、絵の上部二箇所と下部二箇所の計四箇所で額ごと抑え込むように固定されていた。

すぐ近くの壁面には小さな穴が開き、クロスが赤茶色に汚れていた。

恐らく、彼の話に出てきた絵が支えられていた釘痕の物だと思われる。

そして何より気になったのが、絵のすぐ脇に置かれていた古びた木製の椅子。

背もたれ部分と手すりは曲線を帯びており、アンティーク品のようだ。

「もっと顔を寄せて見て下さいよぉ……。もっと触って、ほら、もっともっと手すりとかも撫でてくださいよぉぉぉおお」

悪意のある誘導であることは明白であった。

話に出てきた老人はここに座っているのであろう。

「ちなみに、おじいさんは動いたり立ったりしないんですか？」

「見ての通り、微動だにしませんよぉ。ほら、貴方も気に入られたのか、ずーっと見られてますよねぇ」

頭部があるであろう辺りを見据えるが、老人の顔などは一切見えない。

ただ気配というのだろうか、濃密な空気の塊がそこには存在しているようで、威圧感に近いものを感じた。

椅子から少し距離を取り、岡江さんに話を伺う。

御両親の葬儀も滞りなく終わり、暫くぶりに出勤した。

仕事後帰宅すると、絵はこの状態で飾られ、老人は椅子に腰掛けていたという。

「もうねぇ、おかしくて、ずーっと笑ってたんですよぉ」

恐怖などは通り越し、狂ったような現状をただ受け入れた。

月日が経ち、少しずつではあるが、彼も理性を取り戻していく。

絵を投げ捨てようとするが、どうしても釘が取り外せない。

椅子も処分しようとするが、老人の重さが加味されたとしても異常なもので、少しも持ち上がらない。

「でもねぇ、別に変なことは起きてるって訳でもないですしねぇ……。あっ、この状態が既に変ですかぁ」

彼の身や周囲に悪いことは一切起きていないという。

強いて言えば、微妙に体重が減り続けていることだが、あまり気にはしていないようである。

「そんなことよりもぉ、本当に重いのか、確かめましょうよぉ。二人なら、持てるかもしれないじゃないですかぁ」

口元には笑みを浮かべているが、彼の目は笑っていない。

悪意という言葉が生温く思えるほどの感情を読み取り、私は時間がないことを理由にして、彼の家を後にした。


それから一週間、家に誘う連絡が続く。

その後はピタリと止んだので内心ホッとしてはいたのだが、三日も経たずに心配になりこちらから連絡を取ってみた。

「ああ……元気ですよ、ええ……」

話し方は落ち着いたものに戻ってはいたが、声に生気がない。

また岡江さんの家を訪れ、話を聞くこととなった。

リビングにはまだ絵が飾られた状態であったが、例の椅子は部屋の隅に追いやられていた。

「ああ、椅子は動かせたんです。今は座っていないので」

二日前の朝、目が覚めると老人の姿は消えていた。

もしかしたら椅子が動かせるんじゃないかと持ち上げてみると、簡単に運べた。

すぐにゴミとして出すことも考えたが、何かの怒りを買うことは避けたい。

とりあえずは部屋の隅に移動し、絵も取り外そうと試みた。

しかし絵を固定している釘はどうしても外せず、このような状態になっているという。

彼も色々と考えていたようで、どうしてこの絵だけが残されていたのかが気になっていたようだ。

本当の偶然だったのか、岡江家の割り当てとして残された物だったのか。

彼は一番中の良かった親族へ連絡を取ってみた。

すると、意外な事実に気付く。

岡江家を除いた親族は一斉に叔母の家に集結し、我先にと手当たり次第に収集品を奪い合ったそうだ。

岡江家が来ないのは遺産の放棄、とみなしたのだという。

叔母の家には何一つ残されてはいなかった。

それならば何故、この絵だけが飾られていたのだろう。

「あのー、山の風景のような油絵って、聞いたことがありますか？」

親族は暫く記憶を辿り、漸く思い出した。

それは叔父が亡くなる直前、何処かの画商から有名な絵を買い取ったという内容だった。

結構な金額で売買されたらしいのだが、親族が集まったときにはそれらしい絵は見当たらなかったという。

きっと叔母が売り捌いたのだろう。

誰もがそう思っていたようだ。

「あのー、御相談が……」

岡江さんの中に邪な心が芽生えた。

話はとんとん拍子で纏まり、次の休日に絵を引き取りに来てくれることになった。

だが、その日に親族が現れることはなかった。

岡江家に向かう途中で事故に遭い、意識不明のままで入院生活を送っている。

「もう……諦めていると言えば諦めているんですが、どうにも……諦めきれなくて……」

岡江さんの体重は落ち続けているようだ。

目の周りは窪み、顔色も黒っぽいものになっている。

「今ね……あぁぁああああ!!」

何かを話しかけた岡江さんが驚嘆の声を上げた。

視線の先、私の背後を見て、口が開いた状態になっている。
動揺する岡江さんを落ち着かせると、絵の中に老人がいると言い出した。
確認するが、絵には何処にも老人の姿など見えない。
ただ、違和感を覚えた。
以前の絵を詳細には記憶してはいない。
それでも、赤色の筆痕の箇所が増えているように思える。
いうなれば、山の紅葉が進んでいるように見えるのだ。
「もう駄目だ……もう駄目だ……無理だ、無理だ……」
狂乱した岡江さんは私を家から追い出した。
その後は、何度連絡を取ろうとしても一向に出てくれない。
そうして音信不通のまま、三週間程が過ぎた。

私が所用で商業施設に買い物へ出ていたときのこと。
前方から、覚束《おぼつか》ない足取りの老人が歩いてきていた。
すれ違う際、ぶつからないようにと左に大きく避けた。
(岡江さん……？)

髪の毛は白い箇所が多くなっていた。

腰が曲がったような歩き方をしていたため、老人だと認識していたが、間違いなく岡江さんである。

とても五十代前半の姿とは思えないくらいに肌の張りもなくなり、痩せこけた顔には皺が多く刻まれていた。

「岡江さん、元気でしたか？」

「……はい？　どちらさんですか？」

冗談を言っているようにも、とぼけて見せているとも思えない。

心底、初対面の相手に取るような反応を示された。

「御用がないなら、これで……」

私はたどたどしい足取りで遠ざかっていく岡江さんを、黙って見送ることしかできなかった。

その後の絵と老人と岡江さんの現状は不明のままとなっている。

青いバラ

数年前。優紀さんが高校生の頃の話。

夕方の六時近く。優紀さんが自部屋のベッドの上でスマホを弄っていると、妹がドアを開け部屋に入ってきた。

「アニキ。ちょっといい？」

優紀さんが見つめる先で、妹は部屋の中を突っ切り、窓際までやってくるとまた口を開く。

「ねぇアニキ、気付いている？」

「はぁ？　何に？」

唐突な訪問と質問に戸惑っていると、妹は答える代わりにがらりと窓を開いた。

そして窓から半身を出して、「ほら、あれ」と指を差す。その指先が向いているのは、優紀さんの部屋とその隣にある妹の部屋との間の白い外壁である。

ベッドから身体を起こし、妹と並んで窓から身を乗り出すと、優紀さんは指差された外壁に目をやった。

そこには直径二十センチ程の咲き開いた青いバラのような絵が描かれていた。

輪郭が細く黒い線で描かれており、それが青色に着色してある。

「……何だこれ？」

「分かんないけど、今帰ってきたときに、家の前で私の部屋の窓を見上げたら気付いて。いつからこんなのあったのかなぁって思って」

「誰かのいたずら、かな？」

「でもここ二階なんだけど？　脚立かなんか使って、壁に落書きしたってこと？」

「例えば青いペンキ玉？　みたいなものを下から壁に投げつければ、飛沫《しぶき》とかでこんな感じに……無理か」

「……何かこれキモくない？　ねぇ、キレイに落としてよ」

「ちっ、メンドイなぁ。明日学校休みだから明日な。今クタクタだからさぁ」

翌日の午前中。

優紀さんは、ブラシ片手に自部屋の窓から身を乗り出して、外壁の青いバラの絵を消し落とそうとしていた。

左手で窓枠をしっかりと握り、洗剤を付けたブラシを持った右手をいっぱいに伸ばして、バラの絵をこする。

けれども絵は一向に消え落ちる気配がない。

ならばもっと力を込めて……と、思ったその矢先——左手が滑り、優紀さんの身体が窓の外側へと落下した。

結果、地面に肩口から叩きつけられる格好となった優紀さんは、右肩関節及び鎖骨部を骨折したのだという。

「アニキごめん。こんな大怪我するなんて。私も一緒に消すの手伝っていれば良かった。そうしたらひょっとしたら窓から落ちなくて済んでたかも……」

手当てを終え、父親の運転する車で病院から戻った優紀さんに、玄関先で待っていた妹が、半泣きになって抱きついてくる。

そんな妹を宥《なだ》めながら、何げなしに家の外壁を見上げた。

どういう訳か、あの青いバラの絵が、きれいにさっぱりに消えていた。

「あのバラ、誰かが代わりに消したのか？」

疑問に思って優紀さんは、妹に訊ねる。

「えっ？　アニキが消したんじゃないの？　だってアニキが窓から落ちて、のたうち回っているの見つけたとき、壁はもうキレイだったし」

——外壁の青いバラの絵が誰の手によりどのように描かれ、そして誰がどのように消したのかは、分からないままであるという。

写生大会、そののち

平成の初め、佐代子さんは小学五年生であった。晴天の日に学校で写生大会が行われ、隣の校区にある小学校周辺の田園風景を描《えが》くことになった。時間内で完成しなかった者は宿題とするように、教師から指示された。佐代子さんは絵を仕上げることができなかったので、土曜日の下校中、クラスメイトの亜季絵と日曜日の朝から描きに行く約束をした。

当日、待ち合わせをして自転車で現地へ向かい、木陰の地面にビニールシートを敷いて座り、画材一式を広げると、水彩絵の具で画用紙に色を塗り始めた。

二時間近く経った頃。

突然、小学校のほうからガラスが割れる音が響いた。驚いて亜季絵とそちらに向かうと、二階の角にある教室の窓ガラスが割れて、黒い煙が立ち上っているのが見えたという。

「火事だ！　大変！」

「どうしよう!?」

当時は携帯電話などという便利なものを所持している小学生はいない。近くに電話ボックスもなかったので、消防署に通報することもできず、困惑していると――。

ピピピピ、ピピピピ、ピピピピピピピ……。

目覚まし時計の電子音が聞こえてくる。そこで佐代子さんは我に返った。

彼女は布団の中で寝ていたのである。まだ日曜日の早朝であった。

(夢だったのか……)

ただし、夢にしてはやけに生々しい気がした。少し不安な気持ちを抱えながら、待ち合わせをした場所まで自転車で行き、亜季絵と合流して現地へ向かった。

この日も天気が良くて暑くなったが、佐代子さんは夢中で彩色に取り組み、昼前には木立や水田の景色を描ききることができた。その間にガラスが割れる音はしなかったし、黒い煙を目にすることもなかった。

(なあんだ。やっぱり夢だったのね)

佐代子さんは安心して、近くにいる亜季絵に「どう？　終わりそう？」と話しかけた。

だが、亜季絵は返事をせずに絵の具を塗り続けている。何やら様子がおかしいので、「どうかしたの？」と左肩を軽く叩いた。

ところが、亜季絵は黙って右手で絵筆を動かし続けている。ますます様子が変なので、佐代子さんは画用紙を覗き込んだ。

亜季絵の絵は小学校の校舎が描かれていたのだが、二階の角にある教室の窓ガラスが割れており、そこから黒い煙が吹き出していた。煙の形は、足のない巨大な黒い人間が両腕を広げて、こちらに躍りかかってこようとしているかのようである。空も晴れているのに青空ではなく、灰色に塗り潰されていた。絵筆を握った亜季絵の手はまだ動いていたが、顔は無表情で、虚ろな目をしていた。

「ねえ、どうしちゃったのっ⁉」

佐代子さんは心配になり、亜季絵の右手を掴んで描くのをやめさせた。

「う、ん……。あれ……？」

亜季絵は漸く我に返った。自作した絵を見て、彼女自身が佐代子さんよりも驚いていた。

麗《うら》らかな陽気に眠くなってきて、いつの間にかうとうとしていた、という。

しかし、亜季絵の右手は動いていた上、佐代子さんは今朝早くに見た夢の話は口外していなかったので、気味が悪かったそうである。亜季絵の絵はほぼ完成しており、明日の月曜日が提出の期限になっていた。これから描き直すには時間が足りないだろうし、

「何だかこの絵、いいな。あたしが描《か》いたんじゃないみたい」

と、亜季絵は思いのほか気に入ったらしい。そのまま提出することにして、二人とも正

午にはそれぞれの自宅へ帰った。午後から天気は曇りになった。

次の日、佐代子さんが学校へ行くと、隣席の少年が話しかけてきた。

「昨日の午後、○×小学校で火事があったんだよ。兄貴と見物に行ってきた」

佐代子さんは身を乗り出して「それ、詳しく聞かせて」と頼んだ。

例の小学校で小火騒ぎが発生していたのだという。小さな爆発が起きたようで、二階にある理科室の窓ガラスが割れていた。けれども、日曜日で校舎の中には誰もいなかったことから、何故発火と爆発が起きたのか、原因が分かっていないらしい。

のちに佐代子さんは、この一件が地元の新聞にも小さく掲載されていたことを知った。警察と消防が火災の原因を調べたはずだが、その結果を伝える記事は掲載されなかったので、原因は未だに知らないそうだ。

なお、佐代子さんの絵は銀賞に選ばれた。

一方、亜季絵の絵も力作だったが、賞に選ばれることはなかった。それどころか、担任の男性教師から、

「何だ、これは。写生しろと言ったのに、変な絵を描きやがって……」

と、頭ごなしに叱られたそうである。

青い嵐

亜寿沙さんは夫と息子と三人で、リサイクルショップへ買い物に出かけた。彼女は家具売り場にあったアンティークの座卓を一目見て気に入った。製作された年代や場所は不明だが、重量感があって脚の彫刻も美しい。購入すると、その日から居間で使い始めた。

夕食前のこと。亜寿沙さんはエビフライと野菜を大皿に盛りつけて座卓へ運んだ。それを取り分ける小皿も三枚並べる。そこへ五歳の息子がもう一枚、小皿を持ってきた。

「ありがとう。でも、それは要らないから戻してきて」

「ううん。もう一枚いるもん」

息子はフォークでエビフライを小皿に取り分けた。楽しそうに微笑んでいる。

亜寿沙さんが訝しんでいると、息子が誰かに話しかけるように呟き始めた。

（一人っ子だから寂しいのかしら……？）

少し気掛かりになる。夫は微笑んでいたが、亜寿沙さんは笑えなかった。

「ヒロ君、誰とお話ししてるの？」

「え？　お姉ちゃんだよ」

「ヒロ君にお姉ちゃんはいないでしょう」

「ううん。いるよ」

「何処にいるの？」

「青い服を着たお姉ちゃんが、そこにいるじゃない」

息子は誰もいない座卓の隅を指差した。彼の話を要約すると、七、八歳の少女が先程からそこに座っている。少女は青い服を着ており、「外国から来た」と話しているという。

「気味の悪いことを言わないでよ！　そんな子、何処にもいないじゃないの！」

息子は何で怒られたのか分からないようで、きょとんとしている。亜寿沙さんは息子が幻覚を見ているのではないか、と心配になった。


ところで、亜寿沙さんは独身の頃に趣味で油絵を描いていた。結婚するとやめてしまったのだが、最も気に入った一枚を今も玄関の壁に飾っている。キャンバスは縦二四二ミリ、横四一〇ミリ。快晴の空が広がり、凪の青い海原に白い帆船が小さく浮かぶ——そんな絵である。

息子の一件から数日後、亜寿沙さんはその絵に変化が生じていることに気付いた。キャンバスの中央にある船の向きは変わらないが、位置がやや左に移動したように思える。夫に見てもらうと、「まさか。気のせいだよ」と笑われてしまった。

しかし翌朝、絵にはより大きな変化が生じていた。船が明らかにキャンバスの左端へ寄っている。代わりに中央の海面から石柱のようなものが突き出していた。

亜寿沙さんは驚き、夫に絵を見せた。今度は夫も笑わなかった。

「本当だ。これなら俺にも分かるよ……」

同じ日の晩、絵の中の快晴だった空が薄暗く曇って、海に白波が立ってきた。

居間では相変わらず息子が独り言を言って、楽しそうに笑っている。

「いい加減にしなさいっ！」

亜寿沙さんは大声で息子を叱った。息子は悲しそうに顔を歪め、泣き出してしまう。

「おいおい、何もそんなに怒鳴らなくてもいいだろう」

夫に注意されたが、それが面白くなくて、夫とも口論になってしまった。

瑣末《さまつ》なことと分かっていながらも、自制できない。家族の団欒《だんらん》は滅茶苦茶になった。

翌早朝、亜寿沙さんは胸が苦しくなって目が覚めた。

ダブルベッドの脇に見知らぬ若い女が立っていた。青い袖なしのドレスを着ている。長い黒髪は日本人と似ているが、肌が白く、彫りの深い顔立ちからして欧米人らしい。容姿はモデル並みに整っている。だが、眼光が鋭くて意地の悪そうな表情をしていた。亜寿沙さんは驚いて起き上がろうとしたが、身動きができず、息を吸うことも敵わなかった。苦しくて全身から脂汗が噴き出してくる。女はずっとこちらを見下ろしていて、

「シネ」

訛りのある日本語を発した。

「オマエヲ、コロス」

亜寿沙さんは眩暈がしてきた。

（まずい。本当に殺されるかもしれない……）

そのとき、横で寝ていた夫が寝返りを打った。彼の手首が亜寿沙さんの脇腹に当たる。痛くて思わず呻いたが、同時に女の姿が消えて、呼吸ができるようになった。懸命に息を吸いながら天井を見上げていると、じきに夫が目を覚ました。そして、

「今、妙な夢を見たんだ」

夫が夢の内容を語り出した。

真っ白な霧の中に、先日買った座卓があって、横に青いドレスを着た若い女が立っている。ぱっちりした目、人形のように愛くるしい顔立ちで、優しそうな笑みを浮かべていた。

（中南米の娘かな？　可愛いな）

そう思ったところで目が覚めたという。

「実は、昨日も同じ夢を見ていたんだ。何だか不思議でさ」

バツが悪そうに夫が頭を掻く。

ふと、亜寿沙さんは胸騒ぎを覚えた。起き出して玄関の絵を見に行くと、キャンバスから帆船が消えていた。空は一層暗い灰色に染まり、白波が昨日よりも高くなっている。嵐が近付いているようだ。

「あの座卓を買ってからよね。きっと、あれが悪いんだわ。早く何とかしましょうよ」

粗大ゴミとして廃棄するには、市役所への申し込みが必要で、回収までに何日も掛かる。そこで買ったリサイクルショップに引き取ってもらうことにした。夫は気が進まないようだったが、亜寿沙さんは説得して一緒に座卓を車へ運んでもらった。平日で夫は仕事があるし、息子も幼稚園へ行くので、彼女は一人で店へ向かった。店では買ったときよりもかなり安い金額を提示されたという。

(こんな物を売りつけておいて！)

亜寿沙さんは怒りを覚えたが、早く手放したかったので、文句を言わずに売り払った。

(これでもう大丈夫よね。玄関の絵も元に戻ってくれるといいんだけど……)

家に帰り着いて玄関のドアを開けると――。

元に戻るどころではなかった。絵の中の景色は空が真っ黒な雲に覆われ、海は灰色に濁って大波が荒れ狂っている。嵐が到来していた。

(駄目ってことなの⁉　どうしたらいいのよ⁉)

その夜、彼女は夫に絵を見せた。

夫は難しい顔をして考え込んでいたが、やがて引き攣《つ》ったような笑みを浮かべた。

「今度の休みに、山か海へ行こう。気晴らしだ。我々が元気でいれば、悪いものも離れていくかもしれないからな」


けれども、当日の朝が来ると、息子が車に乗るのを拒んだ。

「僕、行きたくない。家でお姉ちゃんと遊ぶんだ」

亜寿沙さんと夫の目には見えなかったが、例の少女がまだ居間にいるのだという。

「またそんなことを……親の言うことを聞きなさいよっ！」

亜寿沙さんは息子を怒鳴り、泣かせてしまった。それを夫に注意されたので言い返すと、今度は夫婦喧嘩になった。おまけに日頃は温厚な夫が珍しく激昂した。亜寿沙さんの頭を平手で叩いたのだ。彼女は屈辱を感じ、目から涙が溢れてくるのを抑えられなかった。ドライブは取りやめである。家にいるのが嫌になった彼女は、一人で車に乗って買い物に出かけた。気持ちが落ち着かなくて、つい運転が荒くなったとき――。

突如、車道の真ん中に青いドレスを着た人影が浮かび上がった。先日現れた外国人の若い女が立っている。

亜寿沙さんは反射的に急ブレーキを踏んだが、間に合わなかった。咄嗟にハンドルを切ったものの、躱《かわ》しきれずに「轢《ひ》いた！」と思った瞬間、女の姿が消えた。車はガードレールを突き破って、道路脇の用水路へ転落してしまう。

亜寿沙さんは全身に強い衝撃を受けた。全く身動きができない。

（しまった……。人間じゃないんだから、轢いてしまえば良かった……）

不幸中の幸いか、用水路の水は少なくて車内に浸水するほどではなかった。やがて目撃者が通報してくれたようで、パトカーと救急車がやってきた。


亜寿沙さんは病院へ運ばれて検査と治療を受けたが、顔の数箇所に傷を負い、右足を骨折していた。命に別状はないものの、当分の間は入院しなければならなくなり、連絡を受けた夫と息子が病室にやってきた。憔悴《しょうすい》した亜寿沙さんはベッドに横たわったまま、やっとの思いで事情を説明した。夫も怖くなったのか、無口になってしまう。

「座卓はもうなくなったのに、何でこんなことが起きるんだよ？」

夫は頻りに首を傾げていたが、暫く考えてからこう言った。

「他に気になるのは、玄関の油絵ぐらいだよな」

その一言から、亜寿沙さんは閃きを得た。

「そうね……。きっと、あの絵にも何か、あるんだわ。理由は、分からないけど……」

絵は彼女が描いてから七年ほど経過しており、座卓を買う前に異変が起きたことは一度もなかった。もちろん、愛着は強くあって、元の絵に戻ることに期待していたのだが、もはや放置してはおけない。

「ねえ……帰ったらすぐに、あの絵を焼いて……。お願い……」

夫は帰宅するなり、絵を壁から下ろすと庭で灯油をかけて焼却した。燃え盛る炎の中から、夫は若い女の、息子は少女の、それぞれ助けを求めるような甲高い悲鳴を耳にしたという。焼却は短時間で済んだので、消防署に通報されることはなかった。それきり青い服の少女と、青いドレスの女が姿を現すことはなくなった。

車は廃車になったが、その後、亜寿沙さんの怪我も徐々に回復して無事に退院することができた。なお、座卓と絵との間にどのような関係があったのかは、不明のままである。

死者の丘

満島さんは少女期にはよく、同居していた叔父さんに遊んでもらっていた。

それは家の離れに居候していた父の弟で、伸輔さんと呼んで、自分ではよく憶えていないのだが、ずっと幼児の頃から懐いてしまっていて、始終纏わり付いて離れなかったらしい。

伸輔さんは大学も出ていたが、何か事業で失敗したらしく、近くにある土建屋の仕事に通いながら、十年余りを掛けて借金を返している様子であった。

作業着姿のときは薄汚れた感じだったが、休みのときにはこざっぱりとした格好をして、よく庭にイーゼルを持ち出して花や小鳥をデッサンしていた。

絵の腕前は相当なものだったのだが、どういう訳か完成品というのは少なく、満島さんの家に残っているものも、その頃の小鳥の絵や静物画など、水彩のものがほんの数点しかないのだそうだ。

庭で無心に土いじりをしていた、子供の頃の視点が蘇る。

彼のお気に入りだったその一角。

初夏の庭木に囲まれて絵を描く伸輔さんの姿が、それ自体煌《きら》めくような一幅の絵画のように、鮮烈に記憶の中に立ち現れるのだという。

ある日……後から考えると伸輔さんがまた東京に帰ることを決めた頃だと思われるが、満島さんは伸輔さんが呼んでいると母親に言われて離れに行った。

満島さんは、小学校四年生になっていた。

画材が無造作に転がっている板張りの縁側から覗き込むと、寝起きしている十畳間に伸輔さんが頬杖を突いて座っており、

「来たね」と、にっこりして言った。

「呼んだ？」

「実は油絵を描いてみたくなってね」

「ふうん」

「さっちゃんが生まれる前の頃には、よく描いていたんだけどね。何だか億劫《おっくう》になっちゃってね、随分長い間やめていたんだよ。道具はあるんだけどね」

「へえ？　それで？」

「リクエストが欲しくてね」

「リクエスト？」

「どんな絵を描いてほしい？」

「そんなの自分で決めたらいいんじゃないの？」

「それがねえ……」仲輔さんは苦笑して、

「分からないんだよ」

「分からないのに描きたいんだ」

「そういうことだよ」

「そういうことか」

満島さんは油絵というものがよく分かっていなかったが、暫く考え込んだ。

何でそんなことを言ったのか、自分でも分からなかった。茶目っ気で困らせてやろうと思ったのかもしれない。

「えーっとねえ、そうだ、怖い絵がいい！」

「怖い絵？」

仲輔さんは本気で驚いたような表情をした。

「……そうか、怖い絵か」

単純に大人をやり込めたような快感めいたものを感じて、満島さんは酷く満足した。

驚いたことに、次の日、仲輔さんは仕事を辞めた。そして、大きなキャンバスの配達があった後から、離れにずっと籠もり出した。

「またあいつの病気が出たな」と父。

「病気？」と母。

「本気で絵を描き出したら、寝食を忘れる」

「……」

「……まあ、借金も完済できたので、この際心機一転したいのかもしれないな」

「随分、切り詰めていましたものね」

「……暫く、見守ってやってくれ」

食卓でのそんな会話を聞いていて、自分がその切っ掛けを作ったのかもしれないと思って、満島さんは胸の動悸を抑えられなかった。

仲輔さんは離れで自炊しており、殆ど姿を見せなかった。昼間、外食や買い物をすることもあったようだが、満島さんはその間学校へ行っており、すれ違いが続いた。

二週間近く経った頃の日曜日、満島さんが庭を覗くと、離れの雨戸が開けられていることに気付いた。

サンダルを突っ掛けて離れのほうへ行くと、浴衣姿で髭茫々《ぼうぼう》になった伸輔さんが、外光を招き入れるような格好で縁側に立っていた。

「絵……できたの？」恐る恐るそう訊くと、

「ん？　ああ、まだ描きかけだけどね」

部屋の奥の壁に立てかけられた、巨大な油彩画が見えた。

淀みきった暗雲の元に盛り上がった土だけの丘を、嘆き叫ぶ半裸の人々が螺旋《らせん》状に列をなして登っていく情景。

植物や建物の一切ない、荒涼の極みのような世界。

手前右側に半病人のような若い女性が一人立っており、左手を掲げ、右手は地面を指差している。

どんよりと淀みきったその眼光が自分を見透かしているような気がして、満島さんは思わず一歩後じさった。

「『死者の丘』という題にした」

「……怖いよ、これ」

伸輔さんは「そうか」と言って、満足そうに笑うと、

「実はね、アメリカの有名な怖い絵を描く画家にノーマン・ロックウェルという人がいて、その人の『死者の丘』という絵を参考にしたんだ」と、言った。

仕上げに入ったのか、次の日からまた離れの雨戸は閉ざされた。

そして、完成披露はないままで、一週間ほど過ぎてから突然「死者の丘」は来訪した運送業者に梱包されて、何処かへと運ばれていった。

満島さんは、二度と不気味なあの絵は見たくもなかったのでそれで良かったのだが、父の元へ訪れた伸輔さんから東京に引っ越すと告げられ、とても悲しく思った。

満島さんの実家は九州だったし、伝え聞くには伸輔さんは何かの店舗経営を始めて忙しかったとのことで、それきり往来は途切れてしまった。

満島さんが高校生の頃、元々好きだった少女漫画を描いて雑誌の新人賞に応募したところ、佳作に入選したことがあった。

すると、多分父から伝わったのか、伸輔さんからハガキが届いた。

そこには、几帳面な文字で、こんなことが書いてあった。

「雑誌掲載の作品を拝見しました。ストーリーは申し分ないと思います。人物も書き分けられており、不自然な点も特にありません。唯一、私からアドバイスできることは、人物の『手』です。人物を描くときには、その人物と『手』の動きを合わせて、感情表現と考えると良いかと思います。もっと手の描き方を練習しましょう」

満島さんは手の描き方が苦手で、自覚もしていたので完全に図星を指されたような気分になった。

それ以後、半分意地になって手のデッサンを山のように描いた。

当然だが、大抵は自分の左手がモデルのために、視点も限られており、それが飽きてくるくらいになった。次第に誰かの手の動きを記憶で素描できるくらいの域に達してくると、漫画での描写を通り越し、プロの画家はどういう風に描いているのかが気になって美術館に通うようになった。

流石にその世界はレベルが違い、打ちひしがれる。

仲輔さんの言う通り、手は絵画の世界では恐ろしく雄弁だった。

それなら……と、ふと思った。

仲輔さんは、どう描いていたのか？

仲輔さんの描いていた人物画は、あの「死者の丘」しか知らなかった。

画面の右手に佇立していた、あの死んでいるような女性の手はどうだっただろう？

右手は地面を指差していた。左手は複雑な表情を見せて、胸の高さに差し上げられていた。

記憶を弄《まさぐ》って、その左手をスケッチブックに描いていると、それが何処かで見覚えのある「表情」であることに気が付いた。

すぐに察しは付いた。

具体的には、よく教科書にも載っている高村光太郎作のブロンズ像、「手」である。仏像の手印である「施無畏《せむい》」を参考にしたという有名な作品。だが、高村光太郎のそれは、指の拗くれ具合が誇張されているというのか、筋肉の動きに無理がありすぎてわざと人間には再現できないような表情で制作されているような気がした。

伸輔さんの絵のほうはもっと自然だった。……女性のものということも一因だったのかもしれないが……。

満島さんは志望していた美術系の大学受験に失敗し、一年浪人することになった。家業の農業を手伝いながらというのが条件だったが、兄弟もいなかったので両親はそのまま地元で落ち着いてくれるほうを願っている風でもあった。

だが、一度は地元を離れてみたいという思いは強かった。

いっそ漫画で生計を立てることはできないかと、受験期に断っていたそれをまた始めてみたが、特に手の線がうまく決まらずに未完成原稿ばかりが増えていく。

よく分からない閉塞感で、筋立てもなかなか思い付かなくなってきた。

ある夜、架空の主人公の姿を自室で一心に描いていると、電気スタンドに照らされたケント紙の視界の外に、何かがチラリと動くような感じがあった。

気のせいか目の疲れからくる錯覚だと、当然そう思っていたが、あるときそのチラチラした動きに苛ついて、思いっきり振り向いてみた。

すると、真っ黒い「手」が本棚と壁の隙間に引っ込められていくのを、かなりはっきりと見てしまった。

驚いたが、こういうのは幻影だと、常識的判断でそう思った。

自分はノイローゼなのかもしれない、と。

意識して夜更かしをしないようにして、昼間の作業量を増やし、日常生活全般を見直してみた。

身体の調子は良くなり、やはり自分は疲れていたんだと自覚した。

ぼんやりと過ごす時間も作った。

その日はダイニングテーブルに、お菓子と紅茶を用意して寛いでいた。

のんびりした気分になると、あの本棚の奥へ這い込んだ手のことも抵抗なく思い出された。

……あの「手」の節くれ具合は、やはり高村光太郎の「手」に似ていた。あまりにも手の描写を意識しすぎて、起きているうちにイメージだけ現れたのだろうか。

そう思って紅茶を啜ったとき、椅子に座った自分の足元にその「手」が見えた。

ぎょっとしているその瞬間に、それはテーブルの下の見えないところに這い下がり、そのまま姿を消してしまった。

常識的判断として……気は進まないが隣町にある精神科のクリニックを受診した。

若い医師は丁寧に応対してくれ、一種の幻視だろうが、むしろ錯覚に近いものかもしれない。重大な病気ではないと思われるので、少し様子を見ましょう、と言われた。

抗不安薬というものも処方された。

鬱然として待合室で薬ができてくるのを待っていると、壁に掛けてある額装されたポスターが目に入った。

それは、いかにもアメリカ風の絵柄で、太ったドクターが小さな女の子の差し出した人形に聴診器を当てて診察しているという、微笑ましいものだった。

女の子が、人形が病気だと思って連れてきたのか、ドクターの腕試しをしているのか、なかなかユーモアのある捻りの利いた絵だと思った。

隅に作者のサインがあった。

……ノーマン・ロックウェル。

あれっ？　確か伸輔さんは怖い絵を描く画家だと言っていたはずだ、とすぐに思い出した。

帰りに図書館に寄って調べてみると、ノーマン・ロックウェルはアメリカで絶大な人気を誇るイラストレーターで、あの医者と人形の絵のように、大衆的で温かみのある作品で有名な人物だった。

没年は一九七八年で、後期には人種問題をテーマにした硬質な絵も描いていたが、およそ恐怖絵画とは無縁な経歴であった。

画集を見ていくと「死者の丘」という作品も見つけた。しかしそれは、雪で覆われた丘を子供達が橇《そり》で滑り降りて遊びに興じているという、ロックウェルらしい庶民的な絵だった。

原題の、Deadman's Hill というのは、どうやら地名のようだ。

……一体、何のつもりで伸輔さんはあんなことを言ったのだろう。

いつか、問いただしてみよう、と思った。

だが、数日もしないうちに凶報がもたらされた。

東京で、伸輔さんが亡くなったのだという。

電話に応対する父の口から「自殺？」という言葉が聞こえてしまい、満島さんはショックを受けた。

事情はさっぱり分からないが、あちらには親族が誰もいないし、伸輔さんは今でも独身だった。

とりあえずの対応に、急遽父と母が向かうことになった。

満島さんは居残りを命じられた。畑もあるし、誰かが残らないといけないことも分かっていた。

悄然《しょうぜん》として両親を見送り、一人になると、同じ考えが頭の中を巡って落ち着かなくなった。

何があったのか？　……また事業に失敗した？

「死者の丘」とは、何だったのか？

夜半になり、どうにも寝付けなくて布団の中で悶々としていると、不意に手足に加重が掛かったような感覚が襲ってきて、全く動かすことができなくなった。

金縛り……？

そういう経験はなかったので驚きで焦っていると、部屋の暗がりの中に、明かりもないのに人物の気配が立ち現れて、やがて像を成すのが見えた。

それは、あの伸輔さんの描いた「死者の丘」の右画面にいた女性の姿であった。

絵の中での陰影そのままに、しかしポーズはじわじわと変わって、右手で満島さんを指差してきた。

腰まで届く蓬髪《ほうはつ》に、引き裂かれた亜麻布の衣裳。

焦点の合わない眼球は、何の意思も感じさせないが、逆に何かを問うているようにも思えた。

満島さんは、最初幻覚が悪化しているのだと思った。……だが、しかし、このタイミングでこの状況というのは、あまりにも意味ありげだ。

恐怖を我慢して、その女性の表情を観察した。……けれども、どう見ても死人のそれであり、何も読み取れない。

奇しくも、伸輔さんの手紙の文面が思い出された。

〈……その人物と『手』の動きを合わせて、感情表現と考えると良いかと思います〉

……右手は私を指差している。

……私に用事があるのか？

……私に、何かを問うているのか？

……左手は？

左手は、右手と対照的に穏やかに掲げられ、掌は開いていた。

指には、それぞれ表情がある。

それは高村光太郎の「手」に、やはり似ていたが、満島さんは他に何処かで見た気がしていた。

その左手は、思っていた以上に女性的で、なよやかだった。

……思い出せ。

……思い出せ。

じりじりと、その女の人差し指が近付いてきている気がして、脂汗が流れた。

……そうだ！

あれは、ダ・ヴィンチの「受胎告知」。処女懐胎のお告げのために天使ガブリエルの顕現する場面。聖母マリアが告知を受け止めるその姿。

それを表すために掲げた、マリアの左手の表情にそっくりだ。

「あ・な・た……」

声帯がうまく使えず、声が掠れた。

「あなたは……」

何度目かで、漸く喋れた。

告げるべき内容は、一つしかなかった。

「あなたは…………死んでいます」

「……オウ」

女性の唇が動いて、そんな声を発すると、その姿は後じさっているのか、小さくなっているのか、だんだんと暗闇の中に埋もれ始め、やがて見えなくなってしまった。


伸輔さんの事業は順調だったとのことで、遺書もなく自殺の原因は不明だった。

店舗の共同経営者という人物が、後を引き継ぎ、遠方だったこともあって伸輔さんの家にあった資産はほぼ全てが処分された。

実はその中に「死者の丘」があったようなのだが、売却されたのか廃棄物処理されたのか、詳細は分からなかった。

随分後になって、Deadman's Hill という場所がアメリカでは珍しい「忌み地」であることが分かった。……奴隷制度時代に纏わる因縁の地であるらしいのだが、この話との関連は不明である。

満島さんは、絵というものが根源的に恐ろしくなってしまい、進学は諦めて働き始め、やがて地元で結婚した。

今では子供さんが、かつての自分と同じく庭の一角で土いじりをして遊んでいる。

幻覚らしきものは、あの女の現れた夜以来、全く見ていないとのことである。

心霊スポットの絵

現在四十二歳の男性、村崎さんは昔、地元周辺の心霊スポットを全部巡り、仲間内では〈心霊スポットの猛者《もさ》〉と呼ばれていたという。そこまで頑張っても幽霊を見たことは一度もなく、それらしい写真が撮れたこともなかった。もっとも、不思議な体験は一度だけあったそうだ。

村崎さんが二十歳だった一九九七年八月二日、中学時代からの悪友である菊田が知り合いの娘二人を連れてきて、四人で隣県の山奥にあるトンネルまで遠征することになった。

自宅から百キロ以上離れた場所で、全員そこへ行くのは初めてであった。車は村崎さんが愛車を運転した。そのトンネルには『髪の長い女の幽霊が出て、話しかけてくる』との噂が伝わっていた。今思えば月並みだが、当時はそんな話でも興味津々だったという。

明るいうちにトンネルに着いて、まず下見をする。入り口にゲートがあって、車は入れないが、歩いて通り抜けることはできる。持参した懐中電灯を点けて中に入ると、壁に幾つか落書きがあった。スプレーペンキで描いた毒々しい色彩の絵が並んでいる。ストリートアートに挑んだようだが、どれも未熟で、下手な絵ばかりであった。

「いかにも田舎の暴走族が、見よう見まねで描いたような絵ばかりだな！」

菊田が笑いながら貶《けな》すと、村崎さんと娘二人も笑った。そのまま出口まで進み、Uターンしてきて車へ戻った。彼ら四人の他には誰もいなかった。四人は一旦トンネルから離れ、車で市街地へ向かった。ファミリーレストランで夕食を食べながら、娘達と会話を楽しむ。そのうちに日が暮れて外が真っ暗になったので、もう一度、例のトンネルへ行ってみることにした。

（暴走族がいなければいいけどなぁ……）

と、村崎さんは内心、不安に思っていたが、娘達が一緒なので黙っていた。腰抜けだと思われるのは嫌だったのだ。

トンネルへ戻ると、午後九時近くになっていた。車から降りれば、明るいときとは別世界で、極めて不気味だったという。それでも嫌がる娘達を宥めながら、どうにか中に入り、暫く前進したのだが……。

壁の落書きを見て、四人とも立ち竦んだ。

一点だけ、際立った力作があった。それは高さ二メートルほど、横幅も同じくらいある巨大な人物画で、若い男の頭部から胸までが描かれていた。白装束の着物を着ていて、胸の前で両手を組み、真っ青な顔をして、目を瞑っている。村崎さんはその顔に見覚えがあった。

「こんな絵、誰が……？」

娘の一人が緊張を帯びた声で言う。

菊田の顔にそっくりだったのである。色白で細長い顔の形や、長めの髪を真ん中で分けたヘアスタイルも同じで、まさに菊田そのものとしか思えなかった。

「何で……何で、俺の顔が……？」

菊田はそれだけ言うのがやっとであった。

不思議なことに、明るい時間帯に来たときは、誰もこの絵を見ていなかった。これほどの突出した絵があれば、誰もが気付きそうなものなのに――。

おまけに、絵の左下には、

『菊田一貴、一九九七、八、六』

と、菊田の名前と日付が赤い文字で書いてあった。それはスプレーではなく、指に塗料を付けて書いたもののように見えた。

「何なんだよ……？　こ、これじゃあ、お、俺が、し、し、死んでるみたいじゃねえか！」

菊田は明らかに動揺して、声音が震えていた。

村崎さんも娘達も、何も言うことができなかった。本当に菊田が死ぬように思えたからだ。ましてや地元から遠く離れた地域なので、顔見知りのいたずらということはあり得ない。四人とも身体が震え出して止まらなくなった。誰が最初だったのかは忘れたが、一人が走り出すと、あとの三人もそれに続いて大慌てでトンネルから逃げ出し、車へ駆け戻った。村崎さんはカメラを持ってきていながら、撮影することを忘れていた。

「しまった！　写真を撮っていなかったんだ。もう一度、みんなで一緒に行かないか？」

皆を誘ったが、誰も一緒に来てくれる者はいない。村崎さんも一人でトンネルへ戻る勇気はなかった。結局、撮影は諦めて帰ることにした。帰路の夜道で何か悪いことが起こるのではないか、と不安で堪らなかったけれども、用心深く運転したので事故に遭うことはなく、無事に地元の町へ戻ってくることができた。菊田や娘達をそれぞれの自宅近くまで送り届けて、村崎さんは最後に帰宅した。

（何事もなくて、本当に良かった！）

安堵した翌日のこと。

菊田は原付バイクに乗って職場の工場まで通勤していたが、その帰路、何故か赤信号を無視して交差点に突っ込み、トラックと衝突した。即死だったそうである。

村崎さんは告別式に参列した。棺の蓋は閉ざされており、親族ではないので菊田の死に顔を実見することはできなかったものの、告別式が行われたのは八月六日だったという。

告別式では中学時代の同級生達と久しぶりに再会した。その晩、「菊田の弔いとして酒を飲もう」ということになり、十二、三人が集まった。村崎さんも参加した。

その席で彼は先日、隣県のトンネルで見た絵の話をした。顔を顰《しか》めて怖がる者が多かったが、中には興味を示した者がいて、こんなことを言い出した。

「それ、ホントなのか？　だとしたら、その絵を見てみたいもんだな」

そして週末に男ばかり四人で現地へ向かうことになった。村崎さんはできればもう行きたくなかったが、しつこく道案内を頼まれて断りきれなかった。

ところが、車を飛ばして、夜になってから現地へ行ってみたところ――。

トンネルの中にあの絵はなかった。他の稚拙な絵は全てそのままの状態で残されていたが、菊田の死に顔が描かれたあの絵と『菊田一貴、一九九七、八、六』という赤い文字だけが綺麗になくなっていた。その場所には他の稚拙な絵があって、壁の色も周りと変わっておらず、砂埃が付着して黒ずんでいる。そこだけ絵と文字を除去する作業が行われたようには見えなかった。

「菊田の似顔絵なんか、何処にあるんだよ？　何処にもねえじゃねえか」

仲間三人から責められたが、村崎さんも訳が分からず、絶句するしかなかった。その凍った表情を見て、仲間三人も文句を言うのはやめたそうである。

ダルマさん

岸和田さんには、純一君という小学校に入学したばかりの息子さんがいる。

その彼が学校の帰りに、おかしなモノを拾ってきた。

小柄な身体で一生懸命小脇に抱えているそれは、臙脂《えんじ》色の風呂敷らしきもので綺麗に包まれている。

「どうしたの、それ?」

岸和田さんは数回瞬きをした後で、訝しげな視線を向けた。その物体の高さは四十センチ程度で、長さは一メートル弱はあるかもしれない。

大きさと形から想像するに、恐らく額縁か何かであろう。

しかしその正体が何にせよ、このような大きな物を七歳になったばかりの子供が抱えていること自体、どことなく不自然であった。

「凄いでしょ? いいでしょ?」

彼女の見せる困ったような表情には一瞥《いちべつ》もくれずに、純一君は満面の笑みを浮かべている。

「コレ、ね。拾ったの。川の近くのゴミ捨て場にあったの。いいでしょ」

彼ら母子の住んでいる団地から小学校に向かって数分歩くと、狭くて小汚い川が流れている。

その川に架かっている橋の袂《たもと》に、そこそこ広い空き地がある。道行く人々の目に付かないせいなのか、不法投棄が絶えない場所であった。

「……あそこは危ないから、行っちゃ駄目だって言ったでしょっ！」

息子の頭を軽く小突きながら叱責してみるが、彼は全く意に介していないようであった。

「ボクんだよ。拾ったんだよ、コレ。いいでしょ、コレ？」

純一君は病的な笑みを浮かべて、キキキと調子外れな声を上げると、風呂敷包みをそっと開け放った。

それは彼女の予想通り、大層立派な額縁であった。年代物と思われる木の枠の中には、これまた高価そうな絵が入っている。

絵画の類には詳しくなかったので、油彩なのか水彩なのかさっぱり分からない。

ただ淡い黄土色の背景に、ダルマが大量に描かれている奇妙かつ不気味な絵、としか言いようがなかった。

奇妙かつ不気味な、と表現するにはもちろん理由がある。

今までに彼女が見てきたダルマの絵や置物は、表情や形がコミカルにデフォルメされていた。

ところが、息子が拾ってきたらしいこの絵は明らかに違う。

描かれているダルマの顔が全て、妙に現実的な表情をしているのであった。

老若男女、様々な色をした大小のダルマが、キャンバス狭しとばかりに二十も三十もびっしりと描かれている。

彼女は大きな溜め息を一つ吐きながら、諭すように息子に言った。

「ジュン、こんなもの拾ってきてどうする気なの？　気持ちが悪いから、早く返……」

彼女の言葉を遮らんばかりに、今まで聞いたことがないようなけたたましい泣き声が辺りに響き渡った。

「いやだいやだいやだっ！　いやだいやだいやだいやだっ！」

耳を劈《つんざ》く叫喚が、彼女の決心をあっけなく覆らせた。

「……分かった。分かった、から」

明らかに、母親の承諾を予想していたのだろう。

その言葉を聞くなり、彼の泣き声は即座に例の病的な笑い声へと変わった。

このようなおかしな笑い方をする子ではなかったのに、若干不審に思ったが、余程嬉しかったのだろうと彼女は考えた。

純一君が拾ってきたダルマの絵は、茶の間に飾られることになった。

本心を言えば、こんな薄気味悪い絵を飾っておきたくはなかった。

だが、この子が物心付く前からの母子家庭で、お世辞にも裕福な暮らしとは到底言えなかった。

致し方ないとはいえ、普通の家庭ならば容易にしてあげられることも、自分は息子にしてあげることができない。

そんな家庭状況でも我が儘《まま》一つ言わなかった息子が、初めて我を通したのである。

せめて叶えてあげるのが、母親の努めではないだろうか。

正直言って食事時や団欒のときに、夥《おびただ》しい数のダルマに見つめられているのは、あまり気持ちの良いものではない。

しかし、あの絵を見るときの息子の嬉々とした表情を、こんなことで失うのは忍び難い。

数日後のこと。

岸和田さんが夕食の準備をしていると、唐突に玄関先の呼び鈴がけたたましく鳴り始めた。

「あまり言いたくないけどさァ、勘弁してくれよなァ」

料理を中断して対応した彼女に向かって、その男はいきなり言い放った。

男は、隣室に住む中年であった。

訳も分からずきょとんとした顔をしていると、物分かりが悪いと思われたのか、一気に捲し立てられた。

「静かにしてくれよ、ホント！　あんな音立てなくても生活できるだろッ？」

話を聞くと、どうやらウチの部屋から漏れ聞こえてくる騒音が、相当耳障りとのことであった。

しかし、彼女に思い当たる節はない。

何故なら、隣人が煩《うるさ》いと主張するその時間は、平日のお昼頃から一、二時間とのこと。

「カンカンカンカン、うるさいんだよ。冗談じゃないよッ！」

何度も注意しようとして呼び鈴を鳴らしてはみたが、誰も出てこなかったと言っている。

それもそのはず。その時間なら、自分はスーパーで仕事をしているし、息子は小学校に行っている。

ウチにペットはいないし、そもそもペット不可の物件である。

誰もいないはずのこの部屋で、一体どんな音がすると言うのだ。

かといって、これからも暮らしていくこのアパートで、妙な遺恨を作りたくはない。

彼女は丁重にお詫びをして、どうにかしてその場からお引き取りいただいた。

あの日から隣人は何事も言ってこなくなったので、あの問題は解消したのであろうと何となく考えていた。

しかし、大家の話によると、どうやら違っていたらしい。

あの事件から数日後、彼は何かに追われるように、このアパートから逃げるように慌ただしく出ていってしまったのであった。

少々気にはなったが、隣人とのトラブルが解消して少し安心したことも確かである。

だが、それもほんの束の間のことであった。


「ジュン、ここにあったヘアブラシ知らない？」

「あれっ、ここに置いたはずのバッグ知らない？」

「さっきまでここにあったのに。おかしいわね」

家の中にあるモノの場所が、明らかに違っていることが多くなったのである。

疲れが溜まっていることは否定できないが、どう考えても絶対におかしい。

仕事から帰ったときにその異変に気が付くことが多かったが、その現象は次第にエスカレートしていった。

たった今まで目の前にあったモノが、まるで魔法のようにその場から消えてなくなってしまうことが多発し始めたのである。

もちろん、それらのモノは部屋の中から消えてなくなる訳ではない。予想もしないような場所で発見されるだけであった。

しかしそれでも、こんな不思議なことを納得できる訳がない。

だが、ここまではどうにかして耐えることができる。少々不便なだけで、大きな問題ではない、そう考えていた。


息子の異変に気が付いたのは、夕食後であった。

彼は一人壁に向かって正座をし、ぼそぼそとした口調で熱心にお喋りをしている。

最初は単なる独り言だと思っていたので、大して心配もしていなかった。

ところが、どうやらそうではなかった。

「……そっちじゃないって！　ったく、困っちゃうな」

彼は大袈裟なまでの身振り手振りを繰り広げながら、見慣れた壁に向かって熱心に話しかけている。

岸和田さんは驚いて、純一君に向かって懸命に話しかけてみるが、返答は一切ない。

まるで彼女の存在自体が目に入っていないかのような態度を、いつまでも取り続けている。

「……もしかして」

何処か身体の具合が悪いのではないだろうか。

どうしよう。どうしたらいいのか。

彼女の脳内は一瞬でオーバーフローしてしまい、パニック状態になってしまった。

病院に連れていったほうが良いのであろうか。連れていくとしたら、内科でいいのか。それとも他の科なのか。

そもそも、純一はまだしも急な休みなんて自分は果たして取れるのであろうか。

あとはもちろん、費用。一体、どれくらい掛かるのであろうか。

色々と頭を巡らせていると、何処からともなく見られているような、妙な視線を感じた。

しかも一人や二人ではない。何人もの視線にさらされているような、薄寒い感覚。

え、どういうこと？

身構えながら辺りに視線を送った瞬間、頭の中がぐぅるりぐるりと回り始める。

息子のことが心配で心配で仕方がなく、自分が倒れている場合ではない。

それなのに、頭の中に膜が張ってしまったかのように思考が妨げられ、次第に身体の自由も利かなくなってしまった。

もう駄目。もう駄目、だ。

彼女は耐えきれなくなってしまい、そのまま床に倒れてしまった。


早朝五時半に鳴る目覚まし時計の音で、岸和田さんは目を覚ました。

昨日はあのまま寝てしまったらしく、全身が悲鳴を上げている。

そのせいもあってか、頭が異様に働かない。

身体の具合も非常に悪く、今日だけは仕事を休みたかったが、仕事の都合上それだけはできない。

彼女はどうにかして仕事場へ向かうと、重要なことだけをやり遂げてから、お昼過ぎに早退することにした。

部屋に戻った彼女は、早速寝間着に着替えると、布団の中に潜り込んでいった。

このような時間に寝るのは久しぶりなので寝付けるかどうか不安であったが、彼女はあっという間に眠りに就いた。

カンカンカン……。

何処かで、何かが鳴っている。

眠りを妨げられた岸和田さんは、布団の中でうっすらと瞼を開いた。

壁に掛けている時計に目を遣ろうとした途端、急に辺りの空気が変わった。

何の変哲もないはずの部屋の空気が、唐突に重く冷たく感じられたのである。

カンカンカンカン……。

それと同時に、何処かから踏切の鳴る音が聞こえてくる。

うるさい。ああ、うるさい。まだ幾分かぼんやりとしている頭の中で、聞こえるその音が妙に喧《かまびす》しく感じる。

珍しいな、踏切の音なんて。もう何年も聞いていない気がする。

カンカンカンカン……。

うるさいなァ……本当にうるさい。んん、でも、これっておかしくない？

今まで聞こえてきた試しのなかった踏切の警報が、どうしてこんなにはっきりと聞こえてくるのであろうか。

うん、これは絶対に変。

そう思ったとき、布団の中から天井を見つめている視界の隅が、おかしなものを捉えた。

「……っ！」

今まで味わったことのないような恐怖心が彼女の精神を占領し、強烈な痛みが左胸付近をこれでもかと痛めつけてくる。

次第に呼吸すること自体が困難になっていき、喉笛の辺りから空気の抜けたような間の抜けた音が漏れ聞こえてきた。

呼吸が、一瞬止まった。

それもそのはず。自分の枕元に、見たこともない人物が座っていたのだ。

恐ろしくて直視することができないせいではっきりとは分からないが、全身黒尽くめの人物が隣にいる。

頭部のつるりとした坊主頭の男性が、胡座《あぐら》を掻いているのだ。

その右手には小さなお椀のようなものを持っており、左手で持った棒で規則的に叩いていた。

カンカンカンカン……カンカンカンカンカン……。

パニック状態に陥ってしまったらしく、彼女は悲鳴を上げようと試みたが悲鳴のひの字も出てはこない。

代わりに荒ぶる呼吸音だけがその場で響き渡る。

その瞬間、目の前の男は鐘を鳴らすのを唐突に取りやめた。

そしてまるで溶けてしまったかのように、その場で頭から崩れ去っていき、完全に消え失せてしまった。

助かった、そう彼女が思った途端。

部屋中のありとあらゆる場所から、人間の生首のようなものが一斉に湧き上がった。

その夥しい数の首が、一遍に彼女の元へと飛び込んできたのである。

その後のことはよく憶えてはいない。

気が付いたとき、何故か部屋の真ん中で正座をしており、時間もかなり経過していた。


その日を境にして、岸和田さん母子の生活は一気に急降下していった。

純一君の言動はますます異常さを増していき、やがて布団の中から出ることすら自分ではしなくなった。

布団を無理矢理引っぺがそうとすると異常なまでに抵抗し、彼女の両手と顔面は傷だらけになっていった。

当然、学校に行けるような状態ではなかったし、彼女もこのような息子を家に置いて仕事に出る訳にはいかない。

今まで彼女は皆勤状態であったが、次第に休みがちになっていった。

一体、どうすればいいのであろうか。

実家の両親とは縁が切れた状態であったし、このようなデリケートな相談をできるような友人もいなかった。

病院に連れていくのが一番良いのであろうが、その費用を捻出できる状態ではない。

そして、数日後のこと。

精神状態に異変を来した彼女は、あることを実行しようとしていた。もう、何もかも終わらせてしまおうと考えていたのである。

なかなか踏ん切りが付かなく躊躇《ちゅうちょ》していると、部屋の電話が唐突に鳴り出した。

出ようか出まいか迷った挙げ句、岸和田さんは受話器を静かに取り上げた。

「……もしもしっ！　ああ、良かった！」

それは、同僚の坂本さんからの電話であった。

ホッとしたような声が受話器を通して聞こえてくるが、岸和田さんの精神状態はどん底まで落ちきっていた。

どうせ仕事に来い、といった催促の電話であろう。適当にあしらって、早く続きをやり遂げなければ。

そのようなことを考えながら、とりあえず要件だけは聞いてみることにした。

案の定、その電話は休みがちになった彼女を心配してとのことであったが、唐突に話は想像もしない方向へと変わっていった。

今にも電話を切ろうとしている岸和田さんを落ち着かせながら、坂本さんは丁寧かつゆっくりと話し始めた。

「昨日ね、田舎の祖母から電話があったのよ。随分久しぶりだったので驚いているとね、不思議なことを言い始めたのよ」

坂本さんは、穏やかに話し続ける。

「オメエにだけは伝えねえとなァ。キシワダさんの倅《せがれ》が見つけたんだァ。そいつはな、ホントにアブねえんだァ。すぐに捨てねえと、アブねえ……なんて言ってるんだけど」

すぐにでも電話を切ろうとしていた岸和田さんの気持ちに、微かに異変が生じてきた。

「早く捨てねえと、あのウチはひでえことになる。早くしないと、間に合わねえぞ。あれは、あれはなあ。あれは達磨様なんかじゃねえんだ、って」

そう告げると、坂本さんの祖母は電話を切った。

坂本さんの祖母は、東北地方の地元ではそこそこ有名であった。

子供の頃に視力を失ってから不思議な力を見せ始めたらしく、失せ物や人捜しで彼女を頼りにする人は後を絶たなかった。

そんな祖母がわざわざ電話を掛けてきたのであるから、只事ではない。

彼女は祖母の言ったことを暫く考えていたが、知り合いでキシワダさんと言えば一人しか該当者がいない。

そして職場の同僚であるその人は、最近仕事を休みがちであったことから、今に至ったのである。

坂本さんは事情を説明し終えると、一息吐いてから、静かに言った。

「何か思い当たる?」


電話で話すうち、次第に自分の頬に赤みが差していくことが分かった。

この状態が改善した訳では決してなかったが、岸和田さんの精神は次第に高揚していき、生きる望みがみるみるうちに息を吹き返してきたのである。

「……たすけて……たすけて……」

蚊の鳴くような声でそう受話器に告げると、岸和田さんはその場で号泣し始めた。

「分かった。すぐに行くから、待っててね!」

電話の切れる音を確認すると、岸和田さんは宙を仰いだ。視線の先には、息子の拾ってきた絵が飾られている。

相も変わらず、趣味の悪い薄気味悪い絵。

あんなに親の敵みたいにダルマばっかり描いて、馬鹿……。

「ひゃっ……」

瞬間、彼女は短い悲鳴を上げて視線を逸らした。

キャンバスに描かれた大量のダルマ。ダルマ。ダルマ……。

いや、アレは絶対にダルマなんかじゃあない。何処からどう見ても、腹部だけが異様に膨れ上がった、骨と皮だらけの痩せ細った人の絵にしか見えない。


恐慌状態に陥った岸和田さんは、心配そうな表情を浮かべた坂本さん夫妻の介抱で漸く正気を取り直した。

「大丈夫。もう、大丈夫よ。あの絵はもう、ここにはないから」

坂本さんのその言葉通り、壁に目を遣ったところ、例の絵は既に消えていた。

「もう大丈夫よ。ウチの旦那に処分してもらったから」

旦那さんに視線を移すと、彼は優しそうな表情でウンウンと頷いている。

「きちんと供養してもらいますから。安心して下さい。息子さんももう大丈夫ですよ」

話がよく見えなかったが、息子のことを聞いた瞬間、彼女の涙腺は一気に崩壊したのである。


後で聞いた話によると、坂本さんが旦那さんと一緒に駆け付けたとき、岸和田さんは純一君と一緒に布団の中に入っていたらしい。

汚物塗れになりながらも二人で抱き合いながら、ガタガタと震えていたとのことであった。

坂本夫妻の言う通り、純一君の具合はみるみるうちに良くなっていった。

岸和田さんは大袈裟なまでに、例の絵が部屋からなくなったことをただただ喜んでいた。

すると、純一君はきょとんとした表情で、母親の目をまっすぐに見つめながら言った。

「ねえ、絵って何のこと？　僕、全然知らないけど」

まるで憑きものでも落ちたかのようにすっきりした表情をしながら、そう言ったのである。

散々説明しても、例の絵のことを彼は何一つ憶えていなかった。

彼女は以前撮った写真があることを思い出して、息子に見せてみた。

「最初は写っていたんですよ。ええ、間違いなく」

だが、その写真の絵の部分には不可思議な紫色の靄が色濃く掛かっていたのである。

そのせいで、絵の内容を確認することは、もうかなわない。

夜間作業

井澤さんの職業は、グリストラップ内の清掃及び汚泥回収である。

グリストラップとは、調理の際に発生する油脂等からなる汚泥が下水道に流れ出ないよう、飲食店において設置が義務付けられている一種の濾過装置なのだという。

一日の来店者数が数百人を超えるレベルの、名の知れたチェーン店等であれば、調理場の床下や店外脇の地中等に、面積が畳二、三枚分、深さは二メートル近い巨大なグリストラップが存在し、その容量は数十トンにまで及ぶ。

形状としては浴槽を思わせる横長の四角い箱型をしており、内部は仕切り板によって隔てられた、横並びの三つの槽に分かれている。

厨房の排水管を通り流入してくる排水から、まずは一つ目の槽で大まかな食材の滓《かす》が取り除かれ、次いで二つ目の槽で油脂分との分離が施される。こうして粗方きれいに処理された水だけが、三つ目の槽から下水道へと排出される仕組みとなっている。

取り除かれた汚泥は、グリストラップ内に滞留していく。各店舗によって状況は異なってくるが、短い店では一カ月程、長い店では半年程度で、これらグリストラップは汚泥でいっぱいとなる。

グリストラップ内に日々溜まっていく汚泥は産業廃棄物扱いとなり、然るべき処理場に持ち込み処分しなければ法に触れてしまう。そんなグリストラップの清掃と汚泥の回収作業を代行しているのが、井澤さんが勤める会社なのだという。

井澤さんは毎夜、汚泥の回収運搬作業用のバキューム車に乗り込み、各契約店舗を定期的に回っている。

バキューム車を使用することもあり、基本は店舗が一日の営業を終えた後の作業となる。一日に何軒もの店舗を回るので、必然的に勤務時間は深夜から明け方までに及ぶ。

時間帯も時間帯なので、店舗は無人である場合が多い。よって作業の効率や安全の面を考慮して、二人での行動が基本となる。

井澤さんは、佐々木さんという方とペアを組んでいた。

ただこの佐々木さんは不幸なことに、お子さんを交通事故で亡くされたばかりだった。五歳になったばかりの、一人娘であったという。

今年になって漸く仕事に復帰し、再び井澤さんのパートナーとして働き始めたところだった。

しかし復帰してからの佐々木さんは、いつも暗く沈んだ面持ちで、口を開くことも稀になってしまっていた。

以前はどちらかと言えばお喋りなタイプで、バキューム車での移動中でも、店舗内での作業中でも冗談を飛ばしていた。

佐々木さんの身に起こったことを思えば、このような状態に陥ってしまうのも仕方がない。だが復帰から一カ月、二カ月と時間が経ってみても、相も変わらず陰鬱《いんうつ》なままなのである。

話しかけても生返事ばかりで、そこから会話に発展することは殆どない。笑いが起ることなど皆無と言ってもよい。

佐々木さんの心情を察し、これまでずっとそのような状況にも耐えてきた井澤さんであったが、ここにきて次第にストレスを感じ始めてきていた。

おおよそ午後の十時から明朝六時、七時までという勤務時間。それが週五日。深夜帯という、大抵の人間が睡眠を取っている間の肉体労働。

そんな暗く静まりかえった環境下において、一切の会話もなく、ただただ黙々と作業をこなしていくという日々は、想像以上に気が滅入るものだったのである。

そんな最中に、とある出来事が起こった。

それはあるチェーン店内にての作業中のこと。

作業手順としては、井澤さんがバキューム車による吸入作業準備を済ませている間に、佐々木さんが店舗の鍵を開け厨房へと向かい、床下にあるグリストラップを塞いでいる縞鋼板を取り外す等の準備を整える。その後、吸入ホースをグリストラップ内まで持ち込み汚泥を吸引し回収。加えて内部の清掃を行うという流れだった。

井澤さんが吸入ホースを抱えて、厨房の中に立ち入ってみると、先に準備を整えているはずの佐々木さんの姿が見えない。

厨房の明かりは点いており、グリストラップの縞鋼板は外されている。

井澤さんは口を開けた巨大なグリストラップに近付き、内部を覗き見た。

佐々木さんはグリストラップの中にいた。黒々とした汚水と汚泥に満たされた二つ目の槽の中で、頭の先まで油脂塗れになっていた。どうやら槽の奥底に溜まっている汚泥を、必死にさらっている様子だった。

「何か物でも落としたのか？　平気かぁ？」と、驚いた井澤さんは声を掛ける。

更に詳しく事情を訊こうとすると、佐々木さんは我に返ったかのように井澤さんのほうを見上げ、「娘だ！　娘がいた！　早く助けないと！　早くこの汚泥を引き抜いてくれ！」と、バシャリと汚泥の表層に拳を振り下ろしながら懇願し始める。

汚泥に塗れながらおかしな言動を発する佐々木さんを見て、井澤さんは遂に心に異常を来してしまったのかと疑いを持ったという。ここまでずっと暗く塞ぎ込んだ状態を見続けていただけに、いつかはこんなことになってしまうのではないかという予感めいたものがあったのである。

それでも井澤さんは言われた通りに、汚泥の吸入を開始した。どの道、汚泥の回収は行う訳だし、ここであれこれと問答を続けても時間の無駄であろうとの判断から、大人しく佐々木さんの言葉に従うかのように振る舞ったのである。

十数分後。グリストラップ内の汚泥を、無事全て引き抜き終える。

当然の如く佐々木さんの娘さんの姿は、何処にも見当たらない。

この現実を目の当たりにし、改めて娘さんを亡くされたことを佐々木さんは認識し、結果、正気に戻る――と、井澤さんはそんな期待を持っていた。

だがそんな希望に反して、佐々木さんは「こんなはずはない！　こんなはずはない！」と喚き散らす。そして佐々木さんは、身に着けている作業着のポケットから何やら取り出して、それを井澤さんに向けて差し出してきた。

それは汚泥に塗れた一足の小さい靴下だった。ドット状のプリントが施してあり、そのドットの一つ一つがよく見ると猫の顔になっている。

――そして佐々木さんは詳細を語り出した。

佐々木さんが厨房に入り、縞鋼板を外しグリストラップの中を覗き見ると、そこに娘さんがいた。

グリストラップ内に満たされた大量の汚水と汚泥の中で、娘さんは溺れかかっていた。口の中に汚水が入り込んでいるのか、声を上げるでもなく、ただただ苦しそうに手足をばたつかせていた。

顔は黒々とした汚泥に塗れて泥人形のようになっており、更に油脂の絡みついた長い髪の毛が海藻のようになって顔面を覆っていた。こんな姿であっても、佐々木さんはすぐに娘だと分かったのだという。

だから佐々木さんは迷わずグリストラップの中に飛び込み、娘さんの身体を引き揚げようと試みた。

グリストラップの中に飛び込んでみると、汚水の嵩は佐々木さんの首の付け根近くにまで達した。これでは娘さんの身長では、直立しても全身汚泥の中に埋もれてしまう。

佐々木さんはお姫様抱っこのような形で、しっかりと娘さんの身体を支えた。佐々木さんの腕にはずっしりと娘さんの体重が掛かる。間違いなく実体があった。

そんな娘さんの小さな身体は、浮力の働く水の中だというのにあり得ないくらいに重く、汚泥の溜まったその底へと引っ張られでもしているかのように沈んでいく。

次第に佐々木さんの力のみで支えるのが困難となり、遂には娘さんの身体はずるりと佐々木さんの手を抜け、汚泥の奥底へと消え行ってしまった。

そんな奥底に消え行く間際、辛うじて娘さんの足先を掴み引っ張り上げたのが、この小さな靴下だった。


この話を聞き終えて、井澤さんは頭を抱えたという。

予想以上に佐々木さんが重症であると判断したからだった。

そして同時に、井澤さんの我慢も限界に達してしまっていた。

「なぁ！　漸く口を開いたかと思えば、しょうもない自作自演か？　娘の靴下を持ち込んでまでして、あんた何がしたいんだよ？　あんたの娘は事故でもう死んでんの！　いつまでも陰気くせぇ面しやがって、いい加減うんざりなんだよ！　ああっくそっ！　まだこの後、何軒も店を回るんだぞ？　くだらねぇことで時間取らすんじゃねぇよ！」

これまでのストレスも合わさり、井澤さんの口から佐々木さんに向けて、次々ときつい言葉が繰り出されていく。と――。

その瞬間、ひらりと天井のほうから何か白いものが一枚舞い落ちてきた。

そのままキレイにしたばかりのグリストラップの底へと陥ったそれは、一枚の画用紙だった。

画用紙にはクレヨンによる拙《つたな》い絵が描かれていた。肌色やら黒色やらの色使いから、どうやら人の顔を描いた絵のようだった。

「娘の描いた絵だ！」

その絵を見て、佐々木さんは悲嘆とも歓喜とも付かない様子の高い声を上げた。

――絵は何もない中空に唐突に現れ、そして舞い落ちてきた。

たった今、目にした出来事が、本当に起こったことだったのかどうか、よく分からない。

グリストラップの底では、佐々木さんが拾い上げた娘の絵に頬擦りしながら、大人げなく泣き喚《わめ》き続けている。

そんな佐々木さんの姿を見るうち、おかしくなっているのが佐々木さんなのか、それとも自分のほうであるのか、判断が付かなくなっていた。

「もう何もかもがうんざりだ……」

――もしこれが、今のこの状況が本当に現実だとするならば、俺はこれ以上はもうこの仕事を続けていくのは無理だ。

井澤さんは、そう強く心に感じていた。

よって井澤さんは今現在職探しの最中にある。

開かずの扉

昭和初期、つまり今から一世紀ほど前の話になる。

和子さんの祖母は清という。彼女は元々四国の出身だったが、結婚を機に東京に移り住んだ。

夫である銀一郎は海運関係の会社に勤めていた。会社ではヨーロッパからの舶来品を中心に扱っていた。銀一郎は当時には珍しく洋行経験があり、語学が堪能だったことも幸いして、会社では外国人との交渉役として重宝がられていた。

仕事上だけでなく、プライベートでも滞在する外国人達と家族ぐるみの付き合いをし、細かく行き届いた気遣いで彼らからの信用も勝ち得ていた。会社のほうも、そんな彼を信用して、外国人達からの様々な相談事の窓口を一任していた。

あるとき、銀一郎は、商用で滞在している英国人のワトスン氏から相談を受けた。氏は五年ほどの任期のために銀一郎の勤務する会社のゲストハウスで生活を送っている。相談事とは、その屋敷に関するものであった。

暮らしている家は、大変良いもので自分は満足している。そう告げた後で、彼はただ一つだけとても気になることがあるのだと付け加えた。

事情を訊くと、彼は屋敷にはどうしても開かない扉が一つあるのだと困った顔を見せた。

その扉は廊下の突き当たりにあり、奥には部屋があるという。鍵が掛けられているが、会社から渡された鍵はその扉の錠には合わない。気になるので家の中も色々と探してみたが、合う鍵は何処にもなく、外からは窓に鎧戸《よろいど》が閉められているため、中を覗くこともできない。

「実際に来てくれればその部屋のことはすぐに分かるはずなのだけれどもね。会社の担当者にも一度相談をしてみたが、結局その人は来てくれなかった。そこであなたに相談することにしたんだ」

担当者はそんな部屋があるはずがないとの一点張りだったと、ワトスン氏は不服そうな顔を見せた。

「今日はそんなことがあってね。近いうちにそのお屋敷に行くことになった」

会社から戻った銀一郎は、浴衣に着替えながら清に語った。

清も、外国人達の間に、困ったら何でも銀一郎に相談すればいいという話があるとは聞いていた。夫が雑用に忙殺されるのは心外だったが、優しい彼は困っている異邦人を放っておく心根ではない。

「お屋敷の担当は、ほら君も知っているだろう。天野君だよ。恐らく彼も誤魔化すつもりなど毛頭なかったのだろう。元々彼の手元には正確な図面もないし、そもそも屋敷を手に入れたときからそんな鍵も預かっていないのだ」

ゲストハウスが元々華族の一人が建てたものだということは、銀一郎も聞かされていた。その屋敷にはその華族の愛人が独りで住んでいたらしい。彼女が亡くなり、売りに出された物件を会社が買い上げたのだ。表には出てこない話だが、要は色々と訳ありなのだ。

「それで、あなたはどうされるんです」

「一度僕のほうで状態を確認して、何とかできないか上に掛け合ってみるよ。あと工事の下見でお屋敷に行くときには、君にも一緒に来てほしいんだ」

銀一郎は、時折仕事の現場に清を同伴することがあった。最初は戸惑ったが、外国人相手の会食などでは夫人同伴でと告げられることもあり、今となっては彼らの前に同伴で出向く要件は珍しいことではない。

ただ普段とは違って、今回何故同伴する必要があるのかについて、銀一郎は理由を何も話さなかった。正式な仕事でもない要件であることから、単に仕事帰りに一緒に食事でもしようと思ったのか、それとも何かしらの予感があったのか、それは分からない。

彼は早速知り合いの大工に連絡を取り、下見のための日程を詰めた。上司にもワトスン邸の状態を伝え、彼が今回相談を持ちかけてきた「開かずの間」に、何があるのか把握できていないのは、会社の管理責任上問題があるのではないかと伝えたらしい。

結果、銀一郎はこの件について、一切の担当を任されることになった。

※

職人を伴って訪れた銀一郎夫妻をワトスン氏は笑顔で迎えた。素早い対応にいたく感激している様子だった。

その屋敷は清が思っていたよりも立派な作りだった。建物も綺麗に手が行き届いており、何も変な感じは受けない。

「それでは早速扉の様子を見せていただきます」

同行した鍵職人の喜兵衛が頭を下げた。手持ちの道具で開けられるなら、そのまま作業に取り掛かる。手持ちの道具では手が及ばないようであれば、扉に加工を施す。それもできないようなら、日を改めて大工を手配するという方針だった。ワトスン氏と銀一郎は、喜兵衛を伴い屋敷の奥へ奥へと進んでいった。

だが、暫くして戻ってきた三人は、日を改めて作業を行うことになったと言った。どうやら思ったよりも大掛かりなことになっているらしい。

ワトスン邸からの帰りに、銀一郎はその部屋の扉が、他のものよりも明らかに頑丈なものだったと清に語った。そもそも鍵を一目見て、喜兵衛がすぐに首を振ったのだという。

あの開かずの間の中には、余程重要な宝物が納められているようだと夫は笑ったが、清の不安な気持ちは増すばかりだった。鬼が出るか蛇が出るか。どちらが出てもいい目ではあり得ない。


前回の訪問から三日経った。夫婦は数名の職人を伴い、再度ワトスン邸に出向いた。

結局、一旦その部屋の扉自体を外す手筈になったという。扉の材質的にも工芸的にも価値のあるものらしいということで、会社側が傷を付けることを嫌ったためである。扉を外して新たな錠前に交換して再度扉を付け直すと言うのだ。

職人の作業の前にワトスン夫妻と銀一郎夫妻の四人で、扉を確認した。

「この大きくて分厚い扉の向こうに、開けられない部屋があるというのが、大変気になっている」

扉を目にすると、ワトスン氏の言葉も、もっともに思えた。

食料倉庫として使われていたのか、普段使わない家財道具を押し込める物置として使われていたのかは、中を確認しなくては分からない。しかしこんな立派な扉を物置などに使うだろうか。


職人達は熱心に扉を外す作業を続けていたが、午前中を丸々使っても仕事は終わらなかった。結局午後も大分過ぎた頃に、喜兵衛が報告に来た。

「作業は滞りなく終わりました。一度御確認下さい。こちらが新しい鍵になります」

合い鍵は銀一郎にも渡された。この鍵は会社で管理することになる。

「部屋の中については、窓も塞がれて真っ暗でしたし、あたし達は何も見ておりませんので」

喜兵衛は何故か銀一郎にそう耳打ちすると、丁寧に頭を下げて帰っていった。

銀一郎夫妻はそのままお茶に誘われた。

スコーンに紅茶。夫人が手ずから焼いたものだという。

談笑していると、ワトスン氏は住み込みの使用人を呼び、奥の部屋の様子を確認してきてくれと鍵を手渡した。

皆、使用人はすぐに戻ってくると考えていたが、なかなか戻ってこなかった。

「ちょっと僕が見てきますよ」

銀一郎は合い鍵を見せた。

そのとき、勘が働いたのだろう。清は銀一郎を行かせてはいけないと感じた。

しかし、銀一郎が鍵を持っている以上、それを遮るのは不自然だ。

「それでは私も御一緒させていただきますね」

清も椅子から立ち上がり、二人で例の部屋を目指した。

応接室を出て、ホールを抜けて廊下を辿っていく。両手を広げたほどの幅で、廊下がまっすぐに延びている。台所の入り口を通り過ぎて一度折れ、住み込みの使用人の部屋を通り過ぎて、もう一度角を折れた。そのどん詰まりに衝立《ついたて》が置いてある。

手の届かない天井に近い辺に窓はあるが、廊下全体が薄暗い。用事がなければ人も近付かないだろう。だから今まで誰もそこにある扉を気に掛けなかったのだ。

衝立の向こうには、ぽっかりと口を開いたままになっている部屋への入り口があった。

「ここにはあなたは入らないほうがいいと思います。私が中を見てきますから、ここで待っていて下さい」

その言葉に何も根拠はない。しかし、銀一郎をこの部屋に入らせてはならない。その気持ちは揺るぎないものになっていた。

いつになく強い調子の妻の言葉に気圧《けお》されたように、銀一郎も頷いた。

入り口から暗い部屋を覗くと、十畳ほどの部屋の真ん中に使用人が倒れていた。助けないと。

慌てて部屋に入ると足がすくんだ。周囲にぼうっと人の影が浮いている。女だ。

暗さに目が慣れると、それは女性を描いた等身大の油絵だと分かった。服装もポーズも同じ。それが何枚も立てかけられているのだ。

得体の知れない物という訳ではない。しかし、異様な光景だった。

入り口の扉以外の壁という壁に、窓すら塞ぐ形でぐるりと絵が掛けられている。

清は声を上げた。

「やはりこの部屋には、女以外入ってはなりません。男は決して入ってはいけません！」

何故そんなことを自分が言ったのか、清には分からなかった。

使用人を部屋から引きずって廊下に出す。声を掛けても彼の意識は戻らなかった。

「すぐにワトスンさんと奥さんを呼んで下さい」

清の言葉に銀一郎が走って二人を呼びに行った。三人が駆け付けると清は言った。

「部屋には何枚も絵があります。その絵を外に出しましょう。くれぐれも男は部屋に入らないように」

ワトスン氏は事情が分からないようだったが、倒れている使用人を見て、清の言葉に従ったほうがいいと思ったのだろう。住み込みの女中を呼び集め、夜まで掛かって絵を部屋から運び出した。

廊下に並んだ絵を確認すると、モデルとなっているのは同じ日本人女性で、洋風の長く伸ばした髪を背に垂らした白いドレス姿である。やはりどの絵も殆ど同じポーズで描かれていた。

緻密な油彩画で、素人目にも一枚描くのには相当時間と手間が掛かっているのが分かる。並んだ絵を見比べると、モデルが少しずつ歳を取っているのが分かった。

それが三十枚。長期に亘る同一人物の成長の記録にも思えた。

「――この絵はどうする」

戸惑った様子のワトスン氏の発言に、銀一郎は自分の持っている倉庫に一旦収めると答えた。もし描かれているのが華族の囲い者だとしたら、会社のほうでも扱いあぐねる案件だろう。大きなスキャンダルである。

鬼が出たか。それとも蛇か。

あの不安な気持ちはこれのことだったのか――。

ワトスン氏によれば、部屋には一旦清掃を入れるが、特に使う予定がある訳ではないとのことだった。暫くは空き部屋にしておいて、必要なら物置にするという話だ。

翌日、銀一郎は運送屋を手配して、絵を一旦倉庫に収めた。

※

何が彼の琴線に触れたのかは分からないが、銀一郎は絵のモデルが誰かを知ろうと、方々を訪ね歩いた。

最初は、元々の屋敷の持ち主の関係者ではないかと推量し、まずは会社関係を当たった。

あの屋敷の担当者は天野という男性である。しかし彼には生前その屋敷に住んでいた女性との直接の面識はなかった。そこで、次は物件の仲介をしてくれた人を紹介してもらった。絵も一枚抱えていき、直接その人に確認してもらった。

すると彼は絵を一目見るなり、前の住人とは別人であると断言した。

「いや、この絵の人とは全然違う。俺は直接お目見えしたこともあるけどさ、顔立ちも違うし服装も違う。その人はいつだって日本髪に和装でしたよ。あとこんなにはっきりした顔立ちじゃない」

「そうですか」

「あと、彼女は十年以上も前に二十六歳で肺を患って亡くなったと聞いているから、もしこの絵のモデルだったとしても、この絵の年齢までは生きていないはずだよ」

何だそれは。まるで怪談話じゃないか。それなら一体、この絵は誰が誰を描いたものなのだろう。

普段ならそこまで深入りをする質ではないのだが、銀一郎は粘り強く絵のモデルを探し続けた。当時のことを知っていそうな会社の上司達をはじめとして、海運関係者にも当たってみた。しかし成果は得られなかった。

ひと月ほど経ったある日、銀一郎はとある大きな海運会社の経営者と知り合った。

彼の跡取りの息子は早逝していたが、彼が生前暮らしていた家は例の屋敷のすぐ近くにあったという。

「あの大きな洋館は儂も憶えているよ。今はあんたんとこの会社が買ったんだろ。話には聞いている」

「ところでその屋敷に、絵描きが出入りしていた、みたいな話を御子息から耳にされたことはありませんか」

「残念ながら、倅はあまり近所の話とかはしなかったので分かりませんな。あとほら、あの家に住んでいたのは訳ありの方だったでしょう」

また振り出しか。

そう思ったところに、社長は意外なことを口にした。

「そうだ。当時の使用人同士なら、その家の人の事情を知っていたかもしれないな。絵描きが出入りしていたら、近所で噂くらいにはなっていたでしょう。倅のところで働いていた女中頭を紹介しますよ。あとはそちらに訊いたらいい」

女中頭の名前は梅といった。

銀一郎が訪ねていき、彼女に絵を見せるとさっと顔色が変わった。

「その絵を何処で見つけられましたか」

警戒した口調だった。

銀一郎が絵を手にした事情を説明すると、梅は覚悟を決めた顔をした。

「その絵は亡くなったぼっちゃまを描いたものに違いありません」

銀一郎は混乱した。描かれているのはまごうことなき女性である。しかし、モデルは男性だと言うのだ。

「絶対に口外はしないで下さいましよ」

念を押された。大きな会社の経営者一族の話だ。絶対に表沙汰にしてはいけない話なのだと理解した。

「誰にも言いません。僕はこの絵について知りたいだけなのです――」

梅の仕えていた男性は、既に十年ほど前に三十歳そこそこで肺病を患って亡くなっている。

生前の彼には女装癖があった。

それを洋館の女主人が何処で知ったのかは分からない。しかし、あるときから男性は洋館に度々出かけるようになった。噂が立ってはならないと心配した梅が男性に事情を訊くと、屋敷の女主人に頼まれて、絵のモデルをしているのだという返事だった。

女主人は、元々油絵を嗜《たしな》んでいたという。

梅は男性の女装癖についても知っていた。男性が好んで身につけた当時の女性用のドレスは、使用人の手助けがないと着付けすらできないからだ。

「僕が女性の服を着ている姿を描いてもらっているんだよ。あの人は僕がそういう格好をしていても、嗤《わら》ったりしなかった。美しいとまで言ってくれたんだ」

囲われ者と、口外できない癖の持ち主、二人は意気投合した。

恋愛感情とは別だった。そもそも男性は女性に一切興味はなかったという。

結果、半年ほど掛かって、彼の女装した姿が一枚完成した。

「そのような経緯でございまして。この絵はぼっちゃまを描いたものに相違ありませんが、それを表に出すことは、くれぐれも、くれぐれも――」

「絵は一枚とおっしゃいましたね」

「はい。一枚きりです」

梅は銀一郎の言葉に不思議そうな顔をした。

「実際にはこの絵とそっくりな絵が三十枚あるんです。御足労ですが、一度うちの倉庫に来て、確認していただけるとありがたいのですが」

梅は絶句した。


「この絵の裏には、描かれた日付がありますね」

梅は倉庫に並んだ絵を次々に調べ始めた。そして最も新しい日付の絵を前に、彼女は考え込んでしまった。

「この日付ですと、絵を描いたはずの彼女は既に亡くなっていたはずです」

順番に並べていくと、半分に当たる十五枚目の時点では、既に亡くなっている計算になる。それが十五年前のことである。

梅によれば、モデルの男性もその二年後には亡くなっているという。つまり少なく見積もっても後半の十枚以上はあり得ない絵ということになる。

それではこの絵は誰が描いたのだろうか。誰かが真似して描いたのか。

銀一郎は芸大に通う親戚にも絵を確認してもらった。タッチが同じことからも、かなりの確率で同一人物の描いたものだろうとのことだった。

※

この絵についてはもうここまでだ。もう自分の手には余る。

銀一郎にとっては絵を手元に置いておいても無価値である。しかし、会社の倉庫は使えない。何より絵自体が公表するにも問題がある代物だ。それならばワトスン氏の暮らす屋敷に戻し、元通りに開かずの間に収納して管理し続けたほうがいいだろう。

その話をワトスン氏に持ちかけると、住人としては確かに気持ちのいいものではないが、あの部屋には絵が収められているということは分かったし、事情も理解した。現状あの部屋を使う当てもない。だから絵を戻すのは良い案だと思うと賛同してくれた。

会社もその方向で話を進めてくれとのことだった。


帰宅した銀一郎からそのような話を聞かされた清は、それはいけないと銀一郎に異議を唱えた。狼狽《ろうばい》した彼女に、何故それがいけないのかと訊ね返しても、はっきりとした理由は言えないようだった。そこには理はなく、あくまでも感情的なものだ。

清自身も何故自分が嫌だと感じるのか、まるで理解ができなかった。とにかくあの部屋に戻すのは止めたほうがいい。戻すくらいなら、このままうちの倉庫に置いておけばいい。

困ったのは銀一郎である。そうは言っても絵の所有権は会社にあるのだし、一介の社員の判断で家に置いておいて良いものではない。清の言葉も聞いてあげたいのは山々だが、絵を本来の部屋に戻すという方針は変えられないのだと、清を説得した。

その夜から、清は屋敷が燃える夢を見始めた。

銀一郎が夜中に魘《うな》されている妻を起こすと、火事の夢だったという。

それは四日間続いた。

「お願いだからやめて下さい」

清は繰り返し頼んだが、夫は黙ったままだった。

それでしたら、せめて部屋に入るのは女だけにして下さい――。

工事の前日、清はポツリと言った。

男が部屋に入ることで、大きな不幸が起きるような、そんな不穏な予感が拭えなかった。

「そのように手配するよ」

銀一郎は清の予感を信じると言った。

ワトスン氏にも連絡し、女の手だけで作業をすることを告げた。

「そもそも奥さんが最初からこだわっていたのだから、それは何かあるのかもしれない」

ワトスン氏はそう言って、承諾してくれた。

作業は一日で終わった。最後に扉の鍵を掛け、牧師を呼んでお祈りをしたという。


作業から三日後の明け方のことだった。ワトスン邸から知らせが来た。

とにかく今すぐ一緒に来て、銀一郎も見てくれないかとのことだった。

「奥さんがあれだけ言っていたのだから、君にも関係のあることだ。とにかく来てくれ」

清は慌ただしく出ていく夫を見送るときに、そういえば火事の夢を見なかったなと思った。

昼を回って帰宅した銀一郎は、押し黙ったままだった。夫の着ている服が、やけに焦げ臭かった。

「清」

「はい」

「火事の夢は、今朝は見なかったのかい」

「はい。今朝は見ませんでした」

銀一郎はそうかと答え、ふうと溜め息を吐いた。

「お前は、あの部屋には男は入るべきではないと、ずっと言っていたじゃないか。それは何故だか教えてくれるかい」

夫の問いに、妻は首を巡らせた。

「最初は直感です。でも、今となっては女同士の秘密の詰まった部屋だったから、かしら。男にズカズカと入られるのは恥ずかしいだろうって——そう思います」

「恥ずかしいか」

「それは恥ずかしいですよ」

「そうか」

銀一郎はそう言うと、黙ったまま何か考えているようだった。

「実は、絵が全部燃えてしまったんだ。幸い屋敷には延焼はなくて、怪我人も出なかったんだが——」

開かずの間の内側だけが真っ黒に炭になっていたのだという。鍵が掛けられてから、誰も部屋に入っていない。

部屋の壁も煤は付いていたが焼けてはいなかった。消防もこれには首を捻った。

「あの絵だけが燃えて、この世からなくなってしまったんだ」

燃え残ったのは絵の枠の端っこくらいなものだったと銀一郎は言った。

「あれは絵が自分から消えようとしたのかもな」

「ええ。そうかもしれませんね」

「せっかくの乙女の秘密部屋。隠してあったのに、悪いことをしてしまった——」

不審火の後も銀一郎とワトスン氏の交流は続いた。

しかし一年ほど経ったある朝、会社から銀一郎の元に連絡が入った。ワトスン氏が脳溢血で亡くなったと言うのだ。詳しく話を聞くと、彼が倒れていたのは開かずの間の前だったと聞かされた。

深夜に寝室を抜け出した氏は、何も用事がないはずの部屋を訪れようとしたらしい。手には鍵を持ったまま、朝には冷たくなっていた。

特に事件性はないとのことで、警察もすぐに捜査を打ち切った。夫を亡くした夫人と子供はイギリスに帰っていった。最愛のパートナーを亡くしての二カ月の船旅を思うと、清は心が痛んだ。

銀一郎は会社から何も言われることはなかった。ただ、彼はそれから間もなく会社を辞め、清と二人で四国に戻った。

「本当に、必死に秘密にしていたのにね。興味本位で無作法にもその秘密を暴こうだなんて。だから絵に恨まれていたのかもしれませんね。かわいそうなことだけど、報いっていうのはあるものですよ」

清は和子さんにそう言うと、遠い遠い目をした。それが生前彼女と交わした最後の言葉であるという。

解説

加藤　一

芸術、美術品を巡る実話怪談集『恐怖箱　怪画』、いかがでしたでしょうか。

毎年初夏と秋にそれぞれワンテーマ縛りでお送りしている本シリーズを含め、これまでの恐怖箱レーベル全作品全収録作のデータベースを整備しています。本作や恐怖箱に御参加いただいている著者陣の単著等も合わせると、二〇〇六年の『超-1怪コレクション』辺りから数えて、のべ三三〇〇話ほどありました。白髪三千丈ならぬ実話怪談三三〇〇話。集めも集めたり――というか、なかなか圧巻です。

これだけの作品データ群を検索してみて分かったのですが、人形に関わるお話はざっと六十話ほど。絵に関わる話も四十話そこそこ。合わせて百話程のお話のうち、本作に収録分が二十話。宝石、掛け軸や骨董品など、人形と絵以外の美術品を含めると厳密にはもう少し増えるとは思いますが、「呪いの芸術品」に関連したお話は意外にも多くはなかったようです。

そんなわけで、人形や絵に因んだ話は一冊に一話か二話、時折凄いのが見つかる、といった程度ではあったのですが、こうして「呪いの絵画」だの「祟る人形」だのに纏わる話ばかりを集めて一望してみると……いやあ巻頭にも書きましたが美術館みたいです。

実話怪談は人の世の営みに差す影のようなもので、採話された時代の出来事や風俗、文化などを反映することがしばしばあります。公衆電話が当たり前になると公衆電話に幽霊が出るようになり、携帯電話が普及してくると携帯電話に因んだ怪談が、インターネットが広まってくるとモデムと回線を伝ってくる怪異の話が出てくるなどなど、あちらの世界の方々は意外にもこちらの世の流行に敏《さと》い、という印象があります。

この辺りは美術品に関しても同じで、以前は「人形怪談と言えば市松人形やビスクドール、ぬいぐるみ」だったのが、本作ではフィギュア造型師が登場していますし、呪いの絵画のバリエーションに奇妙なストリートアートが加わったりしています。バンクシーかな。

幽霊の好みの変化なのか、体験談を蒐集する作家陣の着目点の変化故なのか、こういった怪異が宿るオブジェクトの変遷というのもなかなかに興味深いものです。もしかしたら、今後はＡＩやＶＲに纏わる怪談というのが発見採話されたりしていくのかもしれませんし、自動運転やドローンなどの付喪神《つくもがみ》が出てくる可能性だってないとは言えません。

いや、あるんじゃないかな。見つかると面白いな。

皆さんも、ちょっぴりそう期待してはいませんか？

著者あとがき

雨宮淳司

怖い絵というと、個人的には高島野十郎の蝋燭の絵が怖い。これは、発表する予定も無い私的な絵であり、見るほどに、本当は「闇」を描きたかったんじゃないのかと思う。

神沼三平太

もう会えない友人の語った怪談を語り直す。まだ聞いた話の全部は語り直せていないけど、どれも大切な思い出。

高田公太

新聞記者の仕事でよくギャラリーに足を運ぶのですが、恐怖新聞を作っているわけではないので、取材相手に「ところでお化けなどは出ますか?」とは到底聞けません。

橘 百花

引越しで懐かしい取材メモが出てきて、それを読んでたら時間が……今年も焼酎探しの旅に出たいと思います。

つくね乱蔵

美術品は、何らかの想いを込めて作り上げるものだ。ならばそこに、怪異が染みつくのは当然なのかもしれない。

戸神重明

内藤駆

ねこや堂

服部義史

久田樹生

三雲央

渡部正和

加藤一

令和元年の夏は七月六日に「高崎怪談会16」を、七月二十七日に「怪談昆虫記」を、八月三日に「高崎怪談会17」を群馬県内で主催します。詳細と御予約はネット検索で。

美術品とは無縁な人生でしたが、今回の取材で様々な美術関係のことを少し学べました。やはり大好きなのは怖い絵です。

本当は違う話を書く予定だったのですが、今回はこれを書かなければいけない気がしました。今まで書けなかったのはこの日の為だったのかな、と。今は亡き人へ祈りを込めて。

この話を書いてから、深夜に手押し式信号機に掴まる頻度が増えています。勿論、周囲には誰もいませんが……。

今回、再取材のタイミング関係で、締め切りの前々日に原稿を書き始めました。よってこのルポは〈令和元年になってから私が初めて書いた〉ものになります。

たまに東京国立近代美術館や国立新美術館等に足を運ぶのですが、いつも後半に力尽きて作品に集中できなくなります。一日に十作品くらい鑑賞するのが丁度良い感じです。

お久しぶりでございます。お題に沿った話の中でも、かなりヘビーな奴を今回ご紹介させていただきました。美酒でもご堪能いただきながら、お愉しみいただけましたら幸いです。

昔書いた怪談の……更には元になった体験談のメモを読み返すことってあんまりしないんですが、今回は禁じ手覚悟で十年越しのシェイプアップでした。

本書の実話怪談記事は、恐怖箱 怪画のために新たに取材されたものなどを中心に構成されています。快く取材に応じていただいた方々、体験談を提供していただいた方々に感謝の意を述べるとともに、本書の作成に関わられた関係者各位の無事をお祈り申し上げます。

あなたの体験談をお待ちしています
http://www.chokowa.com/cgi/toukou/

恐怖箱公式サイト
http://www.kyofubako.com/

恐怖箱 怪画

2019年7月5日　初版第1刷発行

編著　加藤 一
共著　雨宮淳司／神沼三平太／高田公太／橘百花／つくね乱蔵／戸神重明／内藤 駆／ねこや堂／服部義史／久田樹生／三雲 央／渡部正和
総合監修　加藤 一
カバー　橋元浩明（sowhat.Inc）
発行人　後藤明信
発行所　株式会社　竹書房
〒102-0072　東京都千代田区飯田橋2-7-3
電話03-3264-1576（代表）
電話03-3234-6208（編集）
http://www.takeshobo.co.jp
印刷所　中央精版印刷株式会社

定価はカバーに表示しています。
落丁・乱丁本は当社までお問い合わせ下さい。

ISBN978-4-8019-1928-0 C0193